问心何处

习惯于外在的追逐，初心难再；心之所向，始于心之所在，平抚内在孤寂的，只有在家之感。

李磊 著

中国出版集团 现代出版社

图书在版编目（CIP）数据

问心何处 / 李磊著. -- 北京：现代出版社，
2022.12
　ISBN 978-7-5231-0096-7

　Ⅰ. ①问… Ⅱ. ①李… Ⅲ. ①随笔—作品集—中国—
当代 Ⅳ. ①I267

　中国版本图书馆CIP数据核字(2022)第245044号

问心何处

著　　者：李磊
责任编辑：张红红
出版发行：现代出版社
社　　址：北京市定安门外安华里504号
邮政编码：100011
电　　话：010-64267325 64245264（传真）
网　　址：www.1980xd.com
印　　刷：三河市铭诚印务有限公司
开　　本：787mm×1092mm　1/16
印　　张：18
版　　次：2023年6月第1版　2023年6月第1次印刷
书　　号：ISBN 978-7-5231-0096-7
定　　价：78.00元

前　言

　　在这个物欲横流、光怪陆离的时代，不论是生活在城市中，还是生活在乡镇里，人们总要为某件事而忙碌，四处奔波。有的人是为了生计，以满足自己的基本生活需求；有的人是为了名誉，以满足自己的虚荣心和欲望；有的人是为了感情，以慰藉自己的孤独使精神有所寄托；有的人是为了金钱，以满足自己的享乐和挥霍。可是也有的人，他们日日夜夜地忙碌，却不知自己终年都在忙碌些什么，昨日的生活和今日的生活是同一个模样，今日的生活和明日亦无甚差别。若你问他，哪天发生了什么有趣的事情，他可能记不清那是上周还是上个月发生的事情了，就好像他感觉不到时间的流逝，也感觉不到岁月的衰老。可实际上他又确确实实和所有人一样，都在一去不回的光阴中渐渐老去，最终也会和所有人一样到达生命的终点。你问他，人这一生活着，到底是为了什么？他答不上来。又问他，在他心中就没有一点点自己的想法吗？他反而反驳，也不是没有。可是再问他，那你的心究竟在哪儿？他又再次陷入了沉默。

　　或许我们每个人都是他，也或许我们每个人都不至于是他。在不停流转的光阴当中，也许走着走着，我们就习惯了追逐外在的事物，也忘了自己为什么出发。但是我们或多或少都会问一问自己，问一问自己的心在哪儿，它是为了什么而跳动不息，又是为什么会这样跳动，最终它又要归向何方。

本书即是作者在漫漫生活中的问心感悟，结合哲学、经济学、社会学等方面的专业知识，探寻心的奥秘，求知心在何处。

为使各位读者更简单地学习如何了解自己的内心，本书共分八章，每章分四五个小节，共计三十五个小节，从现实生活、人生理想、哲人哲思等几个不同的角度切入、讲述，循循善诱，愿各位读者能够随着作者的感悟随笔，找到自己的心、认清自己的心。

推荐序

人这辈子，非常短暂，要顾及的事太多，最重要的是什么？ 答：人和人之间的关系。

人与人之关系，本质上是合作模式，无论什么人，必须选择与人合作，没有例外。

你总是要与别人打交道，在与别人打交道的过程当中，找到存在感，找到幸福，找到完美人生。

否则就不足以证明你来过。

跟别人打交道，事情太繁杂，麻烦太多，苦恼也很多。所以孔圣人所有的学问加起来，无非是怎么跟别人打交道，即解决人与人之间的关系问题。

很多人觉得，跟别人打交道，就要比别人强，要求取功名利禄钟鼓馔玉。只有混得比别人好，官要大，知名度要高、挣钱要多，这些都在可以理解的范围之内，统属人间烟火，芸芸众生嘛，衣食境界耳， 道德境界耳。

事情的奥妙在于，所有衡量人生成功的外在指标，诸如功名利禄钟鼓馔玉，不足以解决人生的幸福问题，因为人生圆满与否在心不在绩。

试图通过功名利禄来追求成功叫内病外治，完整的人格必须有修炼的功夫，修炼的本质是内省，吾日三省吾身，省身要义悉为解决心的问题。

心这个东西啊，又贪婪，又敏感，又丰富，又易受挫。

今天在朋友的饭局上遇到一位年轻人，他写了一本书《问心何处》，我没有来得及看，但是一个"80后"的年轻人有兴趣讨论这个问题，这是一个很好的现象。

司马南（右）（独立学者，社会评论家）

你所有的感觉器官，眼耳鼻舌身，感觉统合需求解决起来都不难，难的是心有不甘意有不平。

汲汲于自我，永远无法解决心的问题，心就那么小，其小无内，装的全是你自己，当然欲壑难平；心又那么大，其大无外也，装的也是你自己，当然要膨胀，要把别人踩在脚下，其结果必然尴尬的是自己，而不是他人。

如果能够心里装下别人，

装不了天下人，至少装着生自己的人，自己生的人，装着自己的邻人、村里人、一起打天下的兄弟什么的，注定痛苦会少些，幸福会多些，当然也会忙些累些。如果再扩大一些范围，譬如把人当人，那便有了人道主义的境界了，这时你的心就像海洋一样广阔，不但有了磅礴的力量，而且有了生生不息的动力。

从小我过渡到大我，这种自我修炼的功夫，不是叫你为别人怎么样，而是为了解决你自己心的问题。

除了法律以外，没有人能够强迫你什么，问心何处不是要你怎么样，而是你要怎么样。

想要有幸福而圆满的人生，安放不好一颗心，总会有良知一类的东西跳出来折磨你、精分你、消解你。

孔夫子说人生至高境界，从心所欲不逾矩，抽象一下：心欲止于至善。

何为至善？　共同善者也。

就是大家都好呗，就是人与人之间的合作模式，没有隔阂，没有疙瘩，没有普利高津耗散，大家都好，没有必要自我克制，即使把自己的位置放低一点儿，宁肯卑微些、谦恭些，也是不行的。

故而内心平和，不装大尾巴狼，淡然处之，随其自然。

—— 司马南
（独立学者，社会评论家）

一个时期以来有一个很流行的问题，"你幸福吗？"幸福两个字解释起来挺容易的，就是有幸得到福气，或者是庆幸自己得到了福报，感谢上天给的恩赐。书面的解释非常简单：境遇、生活愉快美满。但是，人生中，有的幸福是短暂的，有的幸福是长久的，这个事情幸福了，那个事就可能不那么幸福；那个事虽然不那么幸福，但是从另一个意义上讲，你可能又是"因祸得福"，有了福报。您听听，多复杂。

还有人理直气壮地告诉这个世界：这个世界上没有幸福不幸福，只有知足不知足。嘿，他不承认幸福的存在！可是，人心不足蛇吞象，拥有多少才是满足呢，这个问题又挺复杂的。

看来，每个人都要在自己的内心有一条对于自己生活准则的考核标准。这个标准可能是个人最初追求生活目标原始状态的那条线，

姜昆（右）（著名相声表演艺术家、中国曲艺家协会主席）

也就是所谓的"初心"。真正做到"初心不改、砥砺前行"需要一种支撑。这种支撑就是价值观。人要能够在错综复杂的社会问题面前和人生道路的各种各样的路口，做各种正确选择，取决于你的价值观。于是，有了李磊的这本书。他试图来解答人们内心或者是人们在实际生活当中在遇到各种问题的时候，要如何选择正确的方向，把握好方法和行动的道

理的支持。这里有方法论，更多的是对社会经验的总结。

　　每个人，都需要用积极向上的明辨是非的态度来解答生活中各种的疑惑和难题。当然，不知道是不是所有的人都能从这里找到你存在问题的答案，但是我想一定会有启示、引领和帮助，这些都会展现在这一本书的字里行间。

—— 姜昆
（著名相声表演艺术家、中国曲艺家协会主席）

汪孔周（左）（军旅作家、诗人）

　　春夜，风清月朗，案头，著名歌手、词曲人、作家李磊的新作《问心何处》，还散发着淡淡的墨香。捧读作品，思潮起伏，感慨万千。作者情有所致，思路敏捷，将问心的所思所想，以其凝练的文字、明快的笔调，展现于读者面前，升华了思想空间，表现了无比丰富的内容，吟之诵之，爱不释手。

　　《问心何处》是难得的一部佳作。大家不免先看看这本书的每一篇章，以"心"画圆，辐射四周，语出肺腑，亲切自然，情动于中。浑金璞玉，泻于笔端，舒卷自如……娓娓道来中蕴含着极其深刻的思想内涵，朴素中流溢出风韵，自然中浸透着情趣，读后如沐春雨，如浴夏风，使人心情舒畅、备受鼓舞。

全书共分八个部分，从问心、初心到心安、自在。简洁明快，内涵丰富。让感情的触角逐步伸进你的心灵深处，把感悟的彩翼引向了广阔的天空，把追求美好的风帆推向了辽阔的大海，把人的精神风貌和美好希冀清晰地展示出来。可以说是有条不紊、层层递进、环环相扣、灵动跳脱，使文字之外的余韵，远远超过了落在纸上的笔墨，字里行间处处闪烁着一种崇高壮丽的美感和作者的性格光辉，令读者于墨淡处见深蕴，于无声处听惊雷。

现代生活的快节奏，使很多人产生了焦虑、慌乱、急躁、抑郁甚至绝望，内心受到巨大的冲击，缺少理想和信念，缺少正确引导，找不到内心回归的航道，找不到解决问题的正确途径，更寻不到属于自己的那一方净土。这是严重的社会问题，也是亟待解决的难题。这本书就是要你找回真实的自己。读后会让你豁然开朗，更加激起你热爱生活、热爱生命的欲望。

每个人都热爱自己的生命，但热爱生命的方式各不相同。有的人很精彩，有的人却平平庸庸；有的人很成功；有的人却一事无成。其实，生活中有穿越不完的沼泽，人生中有走不完的泥泞，遇到困难和挫折我们要波澜不惊，要迎难而上。当然，生活中如何看待和对待不幸，我们无须抱怨命运的不公，要学会在坎坷中行走，让我们的信仰永恒。人的一生如白驹过隙，就像流星划过夜空，任何时候都要保持微笑，什么时候都要保持乐观，让我们的生命之树常青。

　　腹有诗书气自华。《问心何处》是作者发自肺腑、倾注笔端的一部力作。他运用形象化的语言和群众喜闻乐见的形式，将自己多年来的所感所获，吞吐尽致，联缀成篇，以小见大，举重若轻；以俗为雅，亦庄亦谐，具有很强的可感性和可读性，读来有一种明显的亲切感和认同感，既显示出作者深厚的文化艺术功底，同时也增强了作品的感染力量，可谓一峰独秀，永占春风。

　　月满西窗，掩卷而思。顿觉月如诗、诗如月。光溢四野，润物无声。李磊的一部《问心何处》让人百读不厌，回味无穷，它一定能感悟好多人、激励好多人。确是：一语天然万古新，豪华落尽见真淳……

　　于无声处听惊雷，读李磊随笔《问心何处》有感。

—— 汪孔周

（军旅作家、诗人。出版作品 20 余部，代表作有《美丽中国梦》《美丽的乡愁》《汪孔周抒情诗选》等。在《人民日报》发表多篇诗歌，散文。作品被电视台和一些刊物选用和连载。曾被中国新闻社作为封面人物推出。中央电视台《新闻联播》和《人民日报》对其作品进行过宣传。在北京、珠海、天津、澳门和部队举办过多场个人专场诗歌朗诵会）

一个人，通过自己的努力，在某个领域能够有所成就，这是自然而正常的事情。

陈朳为（左）（中国医药新闻信息协会副会长）

而一个不到 40 岁，随父母北漂的年轻人，能够在教育领域里，成为大学教授，成为中国招生政策专家，成为著名的、为数不多的考研咨询教育家；在文艺领域，成为著名的畅销书的作家，仅《冷眼看世界》一天在京东网上的销量就达 42 万册；他是著名的词作家、流行歌手，在网络上很受年轻人的喜爱和追捧，他的《四十不惑》的专辑即将问世；在社会上，他还为许多企业出谋划策，成为优秀的企业策划者；同时，他还是一个非常优秀的心理辅导工作者和慈善工作者。

他就是我要说的李磊老师。

本人浏览了《问心何处》这本书，感觉这既是李磊生活感悟的积累，也是他心迹的自然流露。他用朴实、简单、自然的语言表达方式，或集中或分散地把许多深奥的道理浅显明白地表达出来，该书可以一气呵成地读下去，也可以分段分块地去欣赏品味，非常适合现代人的阅读方式和习惯。

一个品质优秀的人，与年龄无关，鄙人认为，李磊老师可以长幼皆师也！

—— 陈朳为

（先后在中国人民解放军基层部队到军委机关、在北京市发改委、国家食品药品监督管理总局工作。现为中国医药新闻信息协会副会长）

有文化，有情怀，甘愿在方方面面为社会做奉献的年轻人李磊老师。 他的新书《问心何处》，我感觉是一部对人生心路历程答疑解惑的佳作。让人耳目一新，精神愉悦，值得一读！

—— 杜彦林

（军委政治工作部原文化工作和网络宣传教育中心副主任，原军队基层文化建设的主要参与者：推动创建文化装备系列，起草建立文化装备管理法规体系，主编理论专著《文化装备管理学》）

刘景智（左）（原总政治部歌舞团 大校 政委）

朋友们： 当你"内心"压力巨大时怎么办？当你"初心"如何保护时怎么办？当你生活中遇到无尽的困难时怎么办？答案就在《问心何处》。

强烈推荐好朋友、著名学者、年轻人的知音——李磊老师的精品力作《问心何处》一书。

—— 刘景智

（原总政治部歌舞团 大校 政委）

全国篆刻专业人才培训考评专家委员会主任
李建忠（左）（中国篆刻第一人、

　　李磊老师大江南北的教学讲课，学识渊博，正所谓读万卷书，行万里路。能把人心写得如此清楚透彻的，也只有李磊了。

—— 李建忠

（中国篆刻第一人、全国篆刻专业人才培训考评专家委员会主任，曾篆刻了奥运会徽中国印、冬奥会申奥徽宝）

北京电视台、凤凰卫视专家艺术顾问
李瑞清（右）（国家一级导演、

　　每个人心灵深处的不断启迪与净化是较难表现的主题，它没故事没情节和人物，更无深不可测的大道理，只是在漫长的人生苦旅中对人对事特别是对人难以捉摸的心。不断地升华与转换是何其不易，深刻的主题，丰富的内涵吸引了我。刚刚步入中年的作者，倒像个满头银发，步履蹒跚的老翁"悟"出来的人生哲理和长年生活的积淀。立意新颖，真情实感，观点明确，文笔流畅，深入浅出，耐人思索。《问心何处》是一部难得的佳作，值得一读。

—— 李瑞清

（国家一级导演、北京电视台、凤凰卫视专家艺术顾问）

莫叹息，莫停留，莫让年华付水流！《问心何处》今天的现代人仍然要扬起希望的风帆！攀登巍峨的山峰！励志追求永不放弃！

—— 王洁实

（著名歌唱家、 中国流行音乐的里程碑、中国电影乐团国家一级演员，享受国务院政府特殊津贴。中央电视台青年歌手大奖赛特邀专家评委、中国音乐家协会会员）

奥运选手、前国家女子拳击队执行总教练 李洋（左）（世界拳击冠军、

在物欲横流的今天，大多数人，特别是年轻人，都是心浮气躁的。《问心何处》能给你指明方向，点亮心灯。让每一位读者都心有所依，找到回家的路。

——李洋

（世界拳击冠军、奥运选手、前国家女子拳击队执行总教练）

胡寅寅（右）（著名音乐人）

　　我们一生在漂泊，一生在拼搏，有时已分辨不清什么是疼，什么是乐。其实我们每一个人心中的角落里，那一盏灯一直都在，只是在盲目的生活中被我们忽略！看了李磊老师写的《问心何处》这本书，我忽然觉得从没有过的内心纯净，让我找到内心的家！感谢李磊老师给我带来人生的意义！

—— 胡寅寅

（著名音乐人、20 世纪 80 年代歌手、《罗拉》《阿里巴巴》《年轻人》《大圣歌》等众多熟知歌曲的首唱。汉城奥运会音乐节演唱的中国歌手）

陈瑞红（左）（著名作家、汉文化专家）

　　在这个纷纷扰扰的世界里，如何抵挡住各种诱惑，坚持自己的初心，追逐自己的梦想，这不仅是对一个人品格的考验，也是对一个人智慧的考验。愿大家磨难多年，仍然初心不变。相信这本书对于我们把心安在何处有一定的启发作用。

—— 陈瑞红

（著名作家、汉文化专家、300 万字《汉之始祖刘邦》作者。）

（陈瑞红耗费 28 年心血创作的《汉之始祖刘邦》一经出版就引起巨大轰动，这部书对于讲好中国故事，坚持文化自信，让汉文化走出国门，对于我们树立大历史观、大文化观、大文明观等都具有重要意义）

目　录

第一章

问心

倾心一刻，为哪般

第一章

问心

倾心一刻，
为哪般

一、心有所感

曾几何时，我们放下手里忙碌的事，不经意地抬起头看向远处，内心忽然莫名地获得了一瞬间的安定、祥和。不过这一内在的特殊体验，由于短暂而易逝，常常为我们所忽略。接着，我们低下头来继续做着手中的事情，仿佛手里忙着的事情才是我们生活的全部。当代人、当代社会，以及现下的生活，随着社会矛盾的转变，也随着发展的日新月异，社会处处充满了活力，也处处充满着竞争。我们争分夺秒地奔跑、前进，仿佛成了习惯或本能，不敢停歇，生怕自己一时不察就输在了"起跑线"上。幸福、美满、舒适的生活本是一个目标、一个追求、一个希望，充满无限的遐想和可能，而今却变成了一片可望而不可即的彼岸景色，散发着一股无形的推拒之力，时不时就将我们的向前奔赴打回到原地。渐渐地，低头沉浸于忙碌手里的事成了我们生活的常态，但是这样的生活状态往往让我们失去了很多，也忽略了很多原本被我们视为"愿意为之付出一切努力去获得"的美好事物。

对于这种状态，我们偶尔会有类似五柳先生陶渊明在《归去来兮辞》中的感慨："归去来兮，田园将芜胡不归？既自以心为形役，奚惆怅而独悲？悟已往之不谏，知来者之可追。实迷途其未远，觉今是而昨非。"转眼之间许多年过去了，我们或许还在忙着其他事情，而当初满怀着激情定下的理想和追求却还没有实现，一句"归去来兮，田园将芜胡不归"不由得让人警醒了起来。似乎是在提醒我们，赶快抓紧时间吧，再不将我们的人生理想实现可就来不及了，光阴可不会等人啊！不过，给人以安慰的是"实迷途其未远"，脚下前进的道路与最初的方向偏离得不算太远，我们与终点并非渐行渐远，现在转变回来还来得及。

偶尔，当我们静下心来，审视一下自己的过往，不禁会感怀一番，过去多多少少总有一些令人遗憾的事情，"悟已往之不谏"。但过去的也就过去了，我们回到现实，回到当下，却不经意地发现自己"心为形役""惆怅而独悲"，这怎能不令人感到苦闷？再加上日日夜夜的奔波，忙碌于自己并不怎么喜欢的事情，一种历经沧桑般的消极和疲惫感油然而生。不过在当下的社会里，人们更多的是"不觉心累"，因为"心为形役"太久了，我们的"心"已经对这种疲惫感到麻木。可此时若是放松下来，就总能感觉到一股无形之力正潜藏在我们的生活当中，时刻敲打着我们，不可松懈！仿佛我们稍不留神，就会遭受生活的一次重击。

快节奏的当代市场，人们生活的脚步放慢不得；精彩纷呈的当代生活，人们内心的欲望不断滋生。

日益增长的物质需求以及眼前生活的刚需，让现在的我们有些"奋不顾身""自顾不暇"。生活的成本逐渐转变成了生活的压力，时间像滔滔江水在不断地向前、流逝，生活也在一直继续，最初制定的目标虽然依旧催人奋进，却也渐渐令人不堪重负、力不从心。在快节奏的生活里，时间显得很不耐用。一天、一星期、一个月，甚至是一年，我们还没在冗杂无尽的事务之中喘口气、回过神，它们就流逝了。这种"快速感"，来自互联网、通信的"万物互联"，消解了信息传播延迟的可能，还有各种交通工具给现代生活所带来的便捷。信息爆炸的时代，现在的生活以时时刻刻充斥着各种信息为特征。随着抖音、快手等短视频软件的广泛使用，更加凸显了当代生活的快捷、直观、方便、简单等特点。由于随时可以在这样的信息海洋里畅游，想什么有什么，时政要闻、社会百态、影视娱乐、奇闻异事、婚恋情感、游戏竞技……无论是"娱乐至死"，还是"流量时代"，无一不反映出人们内在的欲望在现实中得以投放。

便捷、高效、快节奏的日常生活，意味着我们需要花更多的时间和精力投放其中，因为面对的事物太多，有与我们相关的，也有与我们不相关的。比如，时下流行的短视频，精彩、简单、易操作，具有很强的吸引力，不知不觉中，周围越来越多的人都在"盯"着手机，造就了一批又一批"低头族"。走路看、吃饭看、上厕所看、睡觉看、忙碌看、空闲看……偶尔，令旁人哭笑不得，而对当事人却是"悲剧"的事情会在不经意中上演：走着走着，掉进了没有盖好井盖的下水道里；或者一个自以为避让的转身，却撞上了墙壁或电线杆。所幸这些小"悲剧"并无大碍，令人扼腕的是以生命为代价的悲剧。有这样的新闻：母亲看手机，不顾泳池里的宝宝，造成宝宝溺亡的悲剧。这样的事并不是个例。无论是年轻的母亲，还是工作中的你我，还是都警醒些吧！勿让悲剧重演！

"勿谓言之不预也"，"低头族"做不得，不仅有显现出来的悲剧可供"参详"，还有潜移默化的亚健康、疾病的切实"体验"，诸如视力下降、颈椎疼痛、食欲减退、睡眠不足……大大小小的毛病一个个累积起来，我们的身体就在不知不觉中越来越脆弱。甚至有年轻人，因为沉迷手机日日熬夜，如此数年，突然在某一个早晨心脏抽痛，就这样猝死了！呜呼，可怜一个年轻人，他的人生还未步入顶峰，他的梦想或许还未实现，就这样失去了最宝贵的生命。而他的父母却要白发人送黑发人，这怎能不令人叹息？

心有所感，生活虽不易，但它仍将继续，我辈还须努力。一方面是我们不得不面对的社会和现实；另一方面则是面对当下的一些生活现象，我们似乎没有了主动认知。或许是因为我们的言行在不觉中成为社会现象的一部分。那么，"不经意地抬起头看向远处，内心忽然莫名地获得了一瞬间的安定、祥和"又是怎么一回事呢？

或说是一种错觉，只是一时没有反应过来而已，或许是吧。但这种"一瞬间的安定、祥和"，以及"内心的安定、祥和"在现实中却是真真切切存在的。比如熟睡于母亲怀中的稚子、久离家园从外归来的人、得道而有所了悟的出家人、满腹经纶的贤者能人等，他们的内心状态无不是安定的、祥和的。

如流星划过夜空，亦如烟花升空绽放转瞬即逝，美丽而短暂，心有所感，仿佛亦是如此。抬头远望，将注意力和视线抽离，转移手里正在处理的事务，只在那一刻、那一瞬间，一个极其短暂的空白间隙（类似于人眼视觉暂留的 0.1—0.4 秒），注意力、视线回归自我，也就得到了安定、祥和。转瞬即逝，自然就很容易被忽略。"世事洞明皆学问"，只须留心于日常的生活，总能有所发现、有所感悟、有所收获。

从另一个角度看，被忽略的不仅仅是这短暂易逝的内在安定、祥和之感，更多地反映出了一个人对内在的关注太少，或疏忽与关注这些看不着、摸不着的东西。内在的抽象之感，总不及感官的具体质感那么直接，可以直接发生作用和影响。尽管如此，外在的感官也应该是有所节制的，一如《老子》中所述："五色令人目盲；五音令人耳聋；五味令人口爽；驰骋田猎，令人心发狂；难得之货，令人行妨。"过度地追求感官上的刺激，则会导致"目盲""耳聋""口爽""心发狂"等不良后果，所以"圣人为腹不为目"，"去取彼此"，只为内在安定，不为外在欲求。

由此，我们似乎要更多地关注我们的内在。"知足常乐""平常心是道"，更有唯心主义的哲思理论，可见关注内在也是一门学问。然而，虽说有感于那瞬间的内在体验，但关于这内在、内心我们知之甚少，还有很多的不明之处。

二、心生疑惑

偶然的有所感悟，与内心的安定、祥和息息相关，可在现实快节奏的生活当中，这种内在的状态似乎是一种奢求，而在生活无数种琐碎事务当中，这好像也是一件无比难得的事。事实上，我们太少关注自己内在的需求，日复一日地追求着更优渥的生活，追逐着感官上的刺激，只是不断地满足外在的物质欲求而已。当我们回过头来，反观自己的内心，总会不禁有一种空白之感。这种空白，实际上却一点也不"空白"。所谓的"空白"，即心思简单，没有世故圆滑的做派，也有一层"单纯"的意思在里面。但"单纯"一词在现代社会的语境下，逐渐衍生出了贬义的色彩来。如果在当下的社交语境中，评价一个人"单纯"，也就意味着这个人被认定为"头脑简单""人比较傻""不够成熟、稳重"，这都是一些较为负面的评价。

那么，我们在反观自己内心时的空白之感，就有些令人疑惑了。如果我们能够关注自己的内心世界，能够让我们的内心世界一片安定、祥和，至少内心是处在一个舒适的状态。但是，在这种状态下，人的心思变得简单或者说没有什么心思，简单而纯粹，这就与外在的复杂世界表现得格格不入了。也就是说，简单的心思与所处的复杂世界表现出了相背离的状态。安定、祥和的内心，所需的不过是将心思变得简单起来，然而面对复杂多变的物质欲求世界，我们不得不匹配与简单的心思截然相反的"心机"。这两种"心思"的不同，可相较于稚子与成人。难道说，成人的内心状态还不如孩童的内心状态吗？

承载不同，接纳不同的事物，是成长的必然结果，成人的生活并不简单。成人的内心，不断地装载各种各样的世事。为人处世的礼节和规矩、普世的道德价值观念、各种领域当中的常识和规则，还有每时每刻都在发生的时事新闻、他人的生平经历和性情言行、生存所需的柴米油盐……这些都是外界世事。当这些事物在内心装载得越来越多，相对地，留给自我的空间也越来越少。在逐渐狭小的内心世界的空间里，自我的自由活动的范围越来越受限。这一点似乎也反映在对一个人心胸气量的评价上，当一个人的内在空间处于不断狭小的情况下，他的内心空间或者说"内存"就不足了，所以处于防御机制下，难以再容下别的事物，于是外在势必表现得小肚鸡肠、心胸狭隘、自私自利等。这就是过度装载世事，过多追逐外在欲求的必然结果。对自我的关注太少，或者忽略了自己的内心，致使有限的内心空间不断地被挤占。相反的是，若是关注自我、关注内心，打开心扉，走进内心世界，我们会发现还有很多未知之地，内心的世界并非"目之所及"的范围。

内心的空间范围，并非"只少不多"的，它是有"扩容"可能的。就像我们在日常生活中所遇见的人，并不都是些气量狭小的人，心胸宽广的人也是很多的。最典型的心胸宽广之人，就是"大肚能容，容天下难容之事"的弥勒佛，也称为笑面佛；再者，俗话所说的"宰相肚里能撑船"，都是对度量大、心胸宽广的展现和表达。相信不必过多举例，每个人心中在思及"心胸宽广"一词时，脑海中会纷纷浮现出各自曾经遇见过的，或许就是在身边的心胸宽广之人。

　　在实际生活中，我们是以多种方式对他人和自己的内在有所感知的，包括我们的喜、怒、哀、惧、爱、恶、欲的外在情感流露，还有一些打坐、参禅、冥想等修心功夫。对我们很多人来说，可能更多的是以外在情感的流露来展现对内心有所感知。也就是，我们在生活中待人接物的过程中自然而然流露出的心绪。这些都是当外在的事物触动了我们的内在时，我们不同程度地做出的反应，而这些事物的内在是怎样的，似乎没有得到我们应有的关注。这在一定程度上与人们认识事物的思维方式有关。当我们遇到新的事物时，我们总想着弄明白认识的对象是什么，对象的本质是什么，就如我们常听到的"透过现象看本质"，把握住了事物的本质，才算是对事物的真正意义上的认识。事实上，我们接触到的只是事物的表象，而对本质的认识则是抽象的，是概念上的认识，也就是认知，或说是客观事物在人的头脑里的反映。所以，检验认识的对错与否就要看认知能否与事物正好相符。

　　然而这是一种被动的认知模式，需要外在事物对感官的刺激，人作为认识的主体才有所反应，进而形成认知。那么，把认识主体的人作为认识对象，似乎就变得困难了，因为我们习惯于我们的喜、怒、哀、惧、爱、恶、欲等情感的外在流露。作为情感体验者的我们，似乎没有了选择权，只能是被动接受，或感慨无力抗争命运的摆弄。那么，我们如何能打开心扉，进入我们的内心世界，似乎变成了无解。

这一无解，放在西方促使了人们的理性卑躬于信仰，只在精神世界里寻求超脱，中世纪时的宗教信仰就因此发展到了极致；在东方，它又成了性命之学争论不已的话题，也成就了儒、释、道等各家的体己之说。正如"艺术源于生活，而高于生活"，所以无论如何，作为"无解"的切入点，只在日常的生活之中。有一个很鲜活的例子是，孟子所说的"人皆有不忍人之心……今人乍见孺子将入于井，皆有怵惕恻隐之心。非所以内交于孺子之父母也，非所以要誉于乡党朋友也，非恶其声而然也"。人的恻隐之心，原来是这样产生的。见到一个小朋友快掉入水井里，没有条件地感到既担心害怕，又同情怜悯。类似于这样的"恻隐之心"，在日常的生活中还有很多，如"是非之心""羞恶之心""辞让之心"等，都是我们熟悉的，只是我们并不熟知而已。

那么在日常的生活中，我们该如何切入这"无解"的困惑呢？或许还需我们多次叩击这"心"门。

三、仁者心动

而我们这里要做的就是"反求诸己"，或者说自己成为自己的认识对象，通过这样的途径以期走进我们自己的内心世界。

在平常生活中，"三省吾身"的日常总结是人们每日获取精进的重要举措，同时也是走进自己内心世界的关键。常为人们津津乐道的"菩提本无树，明镜亦非台。本来无一物，何处惹尘埃"，为禅宗六祖慧能明心见性之偈语。一件发生在他身上的事，或许能启发我们走出日常生活中的一些迷雾。六祖得五祖传法衣钵，以防有人相害，便一路向南隐匿行踪。于是，有了这样的事，"一日思惟：时当弘法，不可终遁。遂出至广州法性寺，值印宗法师讲《涅槃经》，时有风吹幡动。一僧曰：'风动。'一僧曰：'幡动。'议论不已。惠能进曰：'不是风动，不是幡动，仁者心动。'一众骇然。"在《坛经》中如是记载。

在广州法性寺，印宗法师准备开始讲解《涅槃经》了，偶然一阵风吹动旁边的旗幡，旗帜飘动，呼呼作响，当下僧众便有议论了："看，是风吹动了旗幡。""不对，风动没动看不到，能看到的是旗幡动。"于是有说是"风动"的，也有说是"幡动"的，争论不已。突然，慧能站出来说，不是风动，也不是幡动，而是你们的心动。众人听了，惊讶不已。不仅是当时的僧众，就连当下的我们也感到很惊讶。

按照一般的看法，我们看到的是旗幡在飘动，那么在"风吹幡动"的事件中，认为是"幡动"是再自然不过的，因为"眼见为实"常常是我们在日常生活中判断真假的标准，事实是如此，我们看到的就是如此。除了能看到"幡动"，还能感受到风的吹动，而这两者都是感官能够感受到的。那么，说幡动是由视觉感知产生的认知结果，说风动则是由触觉感知产生的认知结果。幡动，还是风动，无非是人的不同感官所感知得到的不同结果而已。如果从感官出发，那完整的现象是风动的同时幡也动了；如果考虑现象间的联系的话，就是风动导致了幡动。然而慧能却认为是"仁者心动"，这样的认知与以上三种建立在感官之上的认知结果都不相同，着实令众人感到惊讶。首先，这是异于寻常的看法，令人耳目一新；其次，这一看法打开了一个全新的视角，"不是风动，不是幡动，仁者心动"，由感官的外在寻觅转向了感官的发动者。按禅宗思想的解译，实为"凡有所相，皆为虚妄"，风动、幡动转瞬即逝，感官所及的现象变动不居，时时变化，非能恒定长久，实为"假象""虚幻"，所以直指人心，"仁者心动"。

"仁者心动"的现代解译，不论是"风动""幡动"还是"风吹幡动"，但"动"的概念内涵出自"人心"，是我们人的创造产物，是"人心"有所作为的结果。而在实际生活中，"人心"创造出来的产物（概念），在现实中有着相对应的事物，这些概念就转移到对应物上，因而具有实实在在的可感性。所谓的"风动""幡动"之说，是因为人将"动"的内涵赋予了"风""幡"。这在一定程度上类似于德国哲学家康德所提出的认识论上的"哥白尼的革命",不是我们的观念去符合客观事物,而是客观事物要符合我们人类的观念。

所谓的"仁者心动",给我们暗示了一条直指人心的方便法门。也就是说,当我们发现"乱花渐欲迷人眼"时,迷乱的其实不是我们的眼睛,而是我们内心的迷离和不清不楚。正如诗句所反映的诗人春行时,内心欢畅无比的感触。因为内心的痴迷,以及各种情绪交织在一起不清不楚,看花时才产生了乱花迷人之感。如何看待外在的事物,实则是我们内在的真实反映。诗以言志,歌以咏怀。虽不及直指人心,但也能一窥我们的内心世界。

无论是直指人心,还是间接反映,都是叩击我们内心世界之门的方便之法。那么,既然叩开了我们的内心世界之门,接下来我们又该如何安放我们的内心,又该如何看待我们的内心世界呢?

四、心外无物

"心有多大，世界就有多大"，一般用于形容一个人的格局和广博的胸怀，但同时它也向我们展现了"心"的世界究竟是怎样的：若一个人的"心"大，那他内心的世界就大。进一步说，"仁者心动"，不仅涵盖了"风动"和"幡动"的外在感官世界，同时还向我们展示出了一个包罗万象的内在世界。与此相应的是，在康德提出了认识上的"哥白尼的革命"后，得出的一个重要结论就是"人为自然立法"。不同于常识所认识的，我们要遵循大自然的规律，按照自然的法则行事；而是由我们人类去构建大自然的规律法则。这一结论成立的关键和基础是，构建规律、法则的基本概念是由人所创造的。如《华严经》所云："若人欲了知，三世一切佛，应观法界性，一切唯心造。"这里就说得更直接、明确了，"一切唯心造"。

在记录王阳明语录和论学书信的《传习录》中有一则典故："先生游南镇，一友指岩中花树问曰：'天下无心外之物；如此花树在深山中自开自落，于我心亦何相关？'先生曰：'你未看此花时，此花与汝心同归于寂；你来看此花时，则此花颜色一时明白起来，便知此花不在你的心外。'"典故中的先生是指王阳明，明代心学大家。王阳明的一个朋友问他，岩中花树，在深山中花开花落，与我们的心有何关联呢？王阳明的回答是，在我们没有看到花树之前，花树与我们的心同归于寂寥的状态，也就是花树沉寂于我们的心中；当我们看到花树时，才明白此花树是这个样子，由此可得知花树不在我们的心之外。此即是"心外无物"之说。与此相类似的还有"心外无事""心外无理""心外无义"，等等。

不过此处的"心"，只是"心即理"的一个方面体现。回归到实际的生活中，"心外无物"则表明人心外的万事万物只有得到"心"的观照，才能展现其意义和价值。进一步说，外在的万事万物只有相对于人来说，才被赋予价值和意义。

因此，《庄子》提出了以"道法自然"为核心的哲学观点，认为一切事物都是由"一念、一念之所起"而产生的，没有什么可以与此不同。这种看法不是一种绝对唯心论，却很接近唯物主义认识论。它指出，任何一个具体现象本身都含有内在运动的原因，只不过由于外界条件发生变化导致内部动力发生改变而已。因而，任何事物的存在都是内外因共同作用的结果，两者不可分割，缺一不可。

相类似说法还见于《坛经》："善知识，一切修多罗及诸文字，大小二乘，十二部经，皆因人置。因智慧性，方能建立。若无世人，一切万法，本自不有。故知万法本自人兴。一切经书，因人说有。"万法、经书皆因人而置、自人兴、因人有。"万法尽在自心，何不从自心中顿见真如本性！《菩萨戒经》云：'我本元自性清净。'若识自心见性，皆成佛道。"因"万法尽在自心"，故可"自修自行，自成佛道"，"顿见真如本性"。

因为"三世诸佛，十二部经，在人性中本自具有"且"万法尽在自心"，那么，如何安心呢？答案是明显的，"自求心安"而已。也由此可见，有所明悟才知，我们的内心本就具足，只因"缘邪见障重，烦恼根深，犹如大云覆盖于日，不得风吹，日光不现"。心外无物，在这里看来则是内心的世界容纳了世间万物，无一物有余漏。所以，我们的内心世界才是我们要珍视的，我们的内心本就具有"无穷的宝藏"。

从刹那间的偶然一瞥，顿现了片刻的内心的安宁、祥和，这样的内在体验是惊艳的。限于当下的生活条件和环境，我们很容易就忽略了我们的内心，也很少关注我们的内心世界。精彩纷呈的外在世界，加之物欲横流，沉浸在千变万化的娱乐和消遣之中，不知不觉"娱乐至死"也是可能的，这些外在事物的吸引力甚至不知不觉地改变了我们人生原本的航向，不可不引起我们的慎重。面对被不断忽视的内在世界，我们就不得不产生了疑惑和担忧，只是还不够明白，我们的内心之于我们自己，它究竟意味着什么。我们对自己的内心由初步认识逐渐转向深入，在这个过程中，我们将会有很多的体会和发现。

五、扪心自问

在经历了偶有所感后心生疑惑，初步走进内心世界的"仁者心动"，再到对内在世界的整体把握的"心外无物"，那么我们就可以开始以一个新的视角来重新审视我们的生活了，毕竟"未经审视的生活不值得一过"。

　　当开始审视我们的生活时，我们的注意力会不由自主地回到生活之初，也就是新生活开始之时。新生活开始之时，这新生活可能是新的生活环境、新的工作、新的感情生活、新的观念、新的人际关系……对于崭新的事物，我们总是会充满期许和希望，即使是曾经在同一个方面遭受了挫折，心底仍旧会忍不住对新生活中的可能性充满期待。尽管很多人并不能将新生活即将开始时的那一瞬间的期许一一阐述，但至少有些东西是明确的——也就是我们最初的打算。然后怀抱着种种期许，我们开启了新的生活。不过这一次我们须时刻谨记"不忘初心，方得始终"，因为在后来的生活中，将不断有新的问题出现，可能致使我们生活前行的方向发生偏离。所以，这时候也就需要我们经常地叩问我们的内心了，当初我们是为了什么而来，途中我们又是如何一步步前行，现在我们的方向是否仍然明确？对于最初期许中的计划和规划，对比一下如今的状况，我们又将它实现了多少呢？

　　现代人的生活模式和节奏，以及各种外在的诱惑，造成了我们对外在物质有着强烈的欲望和需求。可与此同时，人与人之间、集体与集体之间的竞争也愈加地激烈起来。竞争的激烈氛围反过来作用于个人，我们对外在物质的追逐也愈演愈烈，初心难再，忘乎所以。但不管以何种方式进行生活，又是以何种心态去追逐那种生活方式，我们的内心终究是要回归生活本身的，回归到生活最初的期许、热盼、希望之中。然而，可怕的是，蓦然回首，曾经的生活不再，岁月蹉跎，在生活中无所顾忌地对外在物质追逐不休，其实是另一种形式的自我放逐。于是，回归最初成为此时我们内心最深处的呐喊。

可是，当我们开始想要回归最初之时，当生活中出现了有所得，亦出现了有所失的时候，我们又是否能放下内心的偏执？在往目的地前行的路上，在生活的起起落落之中，有多少的意难平，就有多少的悔恨。生活中的那些舍与得，我们能否看得明白呢？可当下社会，实际的情况总是更看重有所得，总想着"一本万利该多好"，而且是"不容有失"。这种舍与得失了权衡，结果就令人患得患失，拿得起，却放不下了。而想要摆脱这种内心的纠结、困扰，唯有营造出能够"拿得起，也能放得下"的心怀。

当内心有了纠结，有了困扰，心境上难免会发生一些改变。如果生活中真的遇到了患得患失、放不下的时候，可以肯定的是，我们已经陷入了不良情绪的泥潭之中了。此时的我们，在不良情绪的诱导下，变得心浮气躁，甚至遇事不冷静，从而引发诸多事端。我们该怎么做呢？放任不管、听之任之、消极对待等，这些都不能解决问题。而最好的解决途径是，挣脱纠结和困扰的情绪，让内心达到一个冷静、纯粹、无我的状态，此时再重新审视和权衡所有的得失和利弊。

无论是个人得失的失衡，还是内心的有所偏执，终究都是人生途中不可或缺的一部分，也只是路途上遇见的各种事物的一部分。人生旅途的航船，无论航行到哪里，总要回到出发的码头。我们心中的向往，无论多么美好，都离不开本心之所在。我们需要明白，是我们的本心赋予了我们人生目标、理想以坚实的基础。不管人生的方向在哪里，一端必然是指向本心的。心之所向，始于心之所在。

　　每当久居在外的人回到了家中，就会有一种油然而生的在家之感。这种感觉最突出、最明显的特征就是给人一种安心、放松的感觉。"家"一字，总是给人以温暖、舒适、安全、自在等感觉，这些感觉混合到一起就是所谓的"在家之感"。而获得在家之感的前提是，要有一个愿意将自己归属到其中的家，又或说归属之地。我们的内心若想要获得在家之感，同样需要回归，只不过回归的是本心。

　　归家的人，不仅是心安的，而且是自在的。而我们的内心要获得自在，那首要的就是要回归本心了，同时需要减少内心的牵绊，能够随遇而安。心归自在，或许就是我们的最高追求。

　　当我们进行了扪心自问，经历不忘初心，呼唤回归，挣脱羁绊，平和内心，指向本心，回归本心，最后方得自在！

第二章

初心

不忘初心，方得始终

第二章

初心

不忘初心，
方得始终

一、初心依旧在

人生是一场未知的漫漫旅途。我们一路遇见，一路离
开，也一路遗忘。最初，我们遇见了谁？最终，我们又失
去了谁？我们的初心，还在吗？人们常说：不忘初心，方
得始终。却不知道，初心易得，始终难守。多少梦想，跨
得过挫折，却禁不住懈怠；多少抱负，扛得住打击，却磨
不过安逸；多少感情，经得起风浪，却经不起平淡；多少
爱情，抵得住诱惑，却抵不过时间。

初心是什么？初心指的是做某件事的初衷、最初的原因。随着年龄的增长，有些人走着走着就忘了自己的初心，忘记了最初的自己。只有不忘初心，才能方得始终。理想就是这样，入门容易，进步太难；放弃容易，坚持太难。而感情也是如此，相处容易，相伴太难；相爱容易，相守太难。世间最难能可贵的，不是初心，不是梦想，不是爱与被爱，而是走过风雨，历经沧桑，依然对生活和爱好保持热爱和激情，依然为彼此无怨无悔地坚持和守望。

清代著名诗人纳兰性德说："人生若只如初见，何事秋风悲画扇。等闲变却故人心，却道故人心易变。"问世间多少人，从最初的豪情万丈，到最后却成了闭口不谈；从最初的相亲相爱，到最后却成了相离相弃。这何尝不是"初心易得，始终难守"呢？其实我们每个人都在经历着这样或那样的转变，只是谁也说不清罢了！但是有一点可以肯定：只要你还拥有一颗善良之心，就一定能够做到善始善终！所以，无论何时，当我们面临挫折时，不要轻易放弃希望，要相信自己会成功的，因为它已经存在于心中。如果真的失去了信心，那么再努力也不会有所收获！

人生的脚步，常常走得太匆忙，我们匆匆赶路，遗落了一路美丽的风景，也错过了许多美妙的瞬间。也许在某个路口，就和那个愿意陪你看风景的人走散。或许在某一天，又会相遇。可是，那已经不再属于自己。

这一生，走过太多的路，遇见太多的人，最后反而不知道，自己到底要去往何方。究竟什么才是自己真正想要的？到底谁才是那个愿意陪你长相厮守的人？

我们已经走得太远、太远，忘了曾经的初心，忘了为什么出发，也忘了昔日心心念念的梦想与承诺。在这个混沌污浊的俗世之中，没有谁能一路纯真到底，但是请记住，别忘了最初的自己，也别忘了青春年少的梦想。无论走多远，都不要忘了回头看看曾经的风景，不要忘了曾经为什么踏上旅途，不要忘了自己真正渴望的事物其实从未改变。心若不动，风又奈何。心静了，才能听见自己的心声；心清了，才能明了自己的本心。有些人，一生都无法再遇，有些风景，一生都无法抵达，就像蝴蝶飞不过沧海，春天留不住花开，繁华抵不过荒芜。

心中念念不忘、不甘放下的，往往不是真正值得珍惜的；手中苦苦追寻、求而不得的，往往不是生命真正需要的。人生没有捷径可走，唯有不断地往前走。只要你坚持前行，就一定能到达目的地。如果有一天，我们都老了，那也不必再为过去而感到遗憾。因为，现在还年轻。只有走过弯路，才会懂得当初最想要的是什么；只有听从自己的初心，才能找到生命中那份最真的情。

我们总是要等到过了很久，才恍然明白原来我们曾经亲手舍弃的东西，在往后的日子里，再也遇不到、等不来了。在那之后遇见的所有的事、所有的人，在心中的位置，总是莫名比不上最初的那个，比不上已经失去了的那个。曾经看来处处缺陷、不被我们珍惜的人、事、物，随着时间流逝，竟逐渐成了最好的那个。属于你的，别人夺不走；不属于你的，来了也会走。这就是人生，不能反悔，也无法重来。

有些人不必再见，因为只是路过，遗忘就是给彼此最好的纪念。有些缘值得坚守，因为一旦放手，那颗初心就再也找不回了。有些遇见，一辈子只有一次，只有懂的人才配拥有。有些爱，一生只能一个，只有珍惜才会懂得。有些情，一世只爱过一次，只因没有得到过，所以珍惜。有些痛，痛彻心扉，却又无能为力。有些伤，伤得心死如灰。有些恨，恨透心碎，却又无可奈何。有些累，累到麻木，却也无法释怀。有些苦，苦尽成空，却又无力偿还。有些泪，流不尽心间，却又无法抹去。有些梦，梦醒时分，却又是那么清晰。有些事，事过境迁，却又总是回味不已。有些人，终究会离开你，但在这之前，请好好地照顾自己，不要让自己有太多遗憾。

如果有一天我们都老了，那我想说："我不会再等下去，我会选择走更远的路！"人生若无风雨，何谈风轻云淡；人生若有果甜，何需甘于寂寞？生命中总会遇到一些人和一些事情，那些曾经伤害你的人会变成朋友、爱人或者亲人。当这些回忆成为往事时，请记住，无论过去有多深，永远都别忘记。其实很多时候我们并不是真的在乎别人怎么看你，而是在意别人对你的看法，我们真正在乎你是否快乐，是否幸福。每个人心里都住着一只小蜜蜂，它时刻关注着身边的每一份事物，只要一闻到香味，便会蜂拥而出，采蜜酿酒。当你需要帮助或受到挫折时，它便飞向远方，为你排忧解难，不离不弃，无怨无悔。生活就是这样，每天面对不同的环境与经历，我们都要学会调整心态，用积极乐观的态度对待生活，才能更好地去适应这个社会，从而获得更大的成功。

生命中，最重要的不是开始，也并非结果，而是守住初心，善始善终。所有的事情都是因为坚持，才有了希望；所有的爱情都是因为坚守，方能修成正果。所以，当你想要放弃时，一定要先问问自己：我是否还要坚持？如果答案是肯定的话，那就不要轻易放手，因为一旦错过了这一过程，那么再回头去找他、找她，可能已经晚了。人生不容易，尤其需要我们用一生来守护这份美好。

一路走来，越过高山，蹚过泥泞，你是否还是年少的模样？半生已过，尝遍甘苦，饱经冷暖，你的初心是否依然矢志不移？人生路漫漫，唯愿初心不变。愿所有的初心，都会被岁月温柔以待；愿所有的坚持，都会在岁月长河中开出绚丽之花。

　　初心不忘，相守始终。用最初的心，陪你走最远的路；用最真的情，与你共度最长的时光。在初见的路口喜悦相遇，也在相守的岁月中慢慢老去……我们都是平凡而又普通的人，但我们却有着各自不同的生活方式和人生态度。

　　每个人都有自己的初心。它是出生时的第一声啼哭，恋爱时的第一次萌动，梦想时的第一次出发，旅行前最想抵达的地方。初心，是一种方向，不怕路途遥远，就怕中途迷失。一个人，只有心中确立了最初的梦想，笃定了前进的方向，才不会被各种诱惑所迷惑而偏离人生的轨道，才能自觉地承担起应有的责任和担当。

　　初心会在不知不觉中影响我们对生活的看法，甚至决定着我们未来的命运。所以说，初心就是一个指引你如何去面对这个世界，并且为之努力前行的指南针！当一个人开始追求理想、奋斗，并最终获得一定成就时，他便已经拥有了初心。

　　初心不是一张白纸，而是一段经历过风雨洗礼的生命历程，是一颗渴望成功的心。当人们把目光聚焦到某一事物或某件事上，往往容易忽略了它本身的价值与意义。其实，任何东西只要能够给人带来利益，其自身就具有了存在的理由。比如：一个人可以用手中的笔写书赚钱，却不可能写出一本好书来让世人知道。因为书中没有道理可讲，更谈不上什么真知灼见。如果能做到"以文会友"，那么无论何时何地，都可以相互交流彼此的想法，从而得到启发，找到正确答案。当然，这种方式只是相对于其他途径而言的，但还是不失为一条捷径。

初心不仅仅是一个简单的数字概念，而是一个深刻的人生哲理。从某种意义上来说，它既包括物质方面的追求，同时还包含精神层面的享受和满足。正如我们常说的"读书破万卷"一样，读书对于人的一生有着巨大的推动作用。一个人能读的书越多，阅历就越深，思想就越广，视野就越开阔，思维就越敏锐。这样做不仅有助于提高自己的素质，而且有利于开阔眼界，增长知识。正所谓"读书百遍其义自见"，通过不断学习和积累经验，使自己变得更加成熟稳重。而要想在人生中获得成功，除了勤奋之外，最重要的一点便是保持一种积极乐观的心态，以良好的心态对待生活中发生的每一件事。只有对生活充满激情，才能更好地把握未来发展方向，实现个人理想。因此，面对纷繁万变、错综复杂的世界，我们应该始终保持积极向上的情绪状态，并以此为动力去战胜困难，最终取得成功！

轮船之所以能够在浩瀚的大海中停靠于彼岸，不是因为海面没有狂风巨浪，而是因为它有坚定不移的掌舵手；候鸟之所以每年都要大量地迁徙在固定的地方，不是因为它们不想拥有更多的领地，而是它们知道哪里才是最适合自己的归宿。

而在这个物欲横流的时代，我们却常常忘记初心，正如纪伯伦所说："我们已经走得太远，以致忘记了为什么而出发。"因为忘记了初心，我们走得十分茫然，多了许多柴米油盐的奔波，少了许多仰望星空的浪漫；因为忘记了初心，我们已经不知道为什么而来，又要到哪里去。途中多少乱花渐欲迷人眼的纷繁，竟让我们迷失了最初的方向；因为忘记了初心，时光荏苒之后，便经常会听到有人在忏悔，后知后觉，假如当初不随意放弃，现在又是不是会不一样。纠结迷茫的时候，让我们在最空的地方安坐，放空心灵，让心归零。人生有时候，需要缓冲来清醒，思考来明志。

摒除欲望杂念，只愿心怀清欢，以清净心看世界，以欢喜心过生活，以平常心生情味，以柔软心除挂碍。唯有此时，那份初心才会拨云见日，再次明朗。

二、初心可贵

初心，是一种坚持，也是一种信念。你敢给它足够的坚守，它就会给你足够的惊喜。山峰之上美景如何，你若不抵达，就永远无法想象。不能因为爬山的过程很累，风景很美，就忘记了为什么要选择这一次攀登。

生命只有一次，人生无法重来。如水的光阴，没有太多的余地任我们挥霍与浪费。每一扬帆启程，都应想清楚自己是为了什么而出发，而自己的目的地又在何方。只要目标明确，就不要畏惧将来或许需要面对所有考验。任何一次没有付出的成功，都毫无意义。何况，人生哪来平白无故的成功？每一个人的一生不可能一帆风顺，也不会一直顺风顺水，但一定会遇到一些挫折与坎坷。所以，每个人应学会坚强、勇敢地面对一切。生活总是充满着挑战，总会有风雨降临。

行走在路上，让我们时刻记得自己的初心。经常回头望一下自己的来路，回忆起当初为什么启程；经常让自己回到起点，给自己鼓足从头开始的勇气；经常纯净自己的内心，给自己一双澄澈的眼睛；经常告诉自己，每前进一步，都离梦想更近了一步。"初生牛犊不怕虎。"一个人只要心中拥有一颗初心，就能战胜一切困难和挫折。没有最初的目标，就永远走不到终点。每个人都有自己独特的人生道路，每个人都视自己为不同类型的个体。但是，无论你属于哪种状态，都要坚守初心！初心定天下。

初心，是人生起点的希冀与梦想，是人生开端的追求与动力，是迷途困挫中的恪守与坚持，是事业成功的承诺和信念。不忘初心，才会找对人生的方向，才会坚定内心的追求，抵达理想的彼岸。在路上行走时，我们需要保持一份清醒的头脑、一种乐观的态度。只有这样，才能不迷失于现实世界之中，也不会被世俗所困。

当春天带来新的希望，当花开绽放勃勃生机，我相信，每天清晨的每一次醒来，都是生命的又一次延续。无论生活给予你多少磨难，都没关系，重要的是做好自己。没有什么过不去的坎儿，只要努力过就好。心似明镜，照见世间百态。心如白纸，无欲则刚。人若静则不躁，静极生情。

花若盛开，蝴蝶自来。人生最可贵的事就是每天都有一颗积极的心，去创造自我存在的意义；以一颗最阳光的心，去实现自我存在的价值。每一天都是新的开始，只要用心，输赢都是精彩，一切，都是最好的安排。用一种平和的心态对待工作中遇到的困难，把所有问题当作挑战来面对。用一种乐观的态度面对生活中出现的挫折。用一份豁达的胸怀迎接人生中出现的坎坷。

愿我们保持自己的风格，能天天向上，日日向阳，爱我所爱，依旧倔强，不为风月，且行且惜，不忘初心，光华永在。一个人只有心中先有了目的，做事的时候才不会被各种条件和现象迷惑。这个目的，就是我们所谓的初心。人生没有彩排，每天只需要做你想做的事情就可以。不要太执着于眼前的利益，要有长远的眼光。努力做好每一件事，然后再看它会怎样发生。

湖南衡山的 28 岁小伙李城，是一名中央美院门口值勤的普通保安。他用了整整十年的时间，拿到了中央美院的录取通知书，从 2008 年 6 月第一次报考中央美院，到今年刚好十年。他第一次考，因为种种原因，没考上。后来去打工，做过助教、富士康工人、空调修理工、快餐店送餐员、保安等工作。但是，他从未放弃过考中央美院的决心。

他说，我们湖南人的性格用六个字来概括，叫作"霸得蛮、耐得烦"。霸得蛮，就是这个事情很难，做不成也非得要去做，失败一次还要去做。耐得烦，就是不管别人怎么说，我反正就是坚持我自己，不管你怎么说我就是要这样。这个事情搞不定我就再想办法，非得做成。

念念不忘，终得回响，他用十年的时间，实现了自己最初的理想。这个世界无时无刻不在变化，而唯一不变的就是初心。那么，怎样才能在这个多变的世界，守住自己的初心呢？

1. 自省。当一个人走上内心自省的道路，这就意味着，他想将生活的进程掌握在自己的手中。所以我们必须学会自我反省，不断地给自己充电。比如，反思人生，反思生命历程，反思工作过程……这些都是我们应该学习的。当然，我们还可以进行一些其他方面的修炼。

2. 冥想。神经学家发现，如果你经常让大脑冥想，会提升你的自控力，提升你集中注意力、管理压力、克制冲动和自我认识的能力。因此，冥想也被称为"放松"疗法。冥想能使人们从消极被动的思维状态中解脱出来，从而积极面对生活。同时它还是一种非常有效的方法，有助于提高工作效率。

3. 跳出自己的圈子。当局者迷旁观者清，生活中，一个人很难全面地认识自己，这时候就需要跳出自己的圈子，用局外人的眼光来客观地看待自己的生活。在工作上，要学会换位思考；在生活中，要学会欣赏他人的优点，并从中学习成长。只有这样，才能找到适合自己发展的道路。当然，这其中还有很多技巧，值得大家借鉴！

4. 读好书。读一本好书，就是一次和高人的密切交谈，能够让人对自己和对生活的认识更加全面和深刻。读书不仅能增长知识，还能陶冶情操，提升自身素质。读书不但是一种享受，更是人生的一部分。读书不但能提高个人能力，更重要的是丰富了自我。

5. 向优秀的人靠近。优秀的人自带光芒，就像一盏明灯，可以照亮身边的人。优秀的人会给你带来帮助，使你受益无穷；优秀的人会在不经意间影响着别人。这就是"人外有人，天外有天"的道理。多与这些优秀的人交流，学习他们身上的优点和长处，甚至可以向他们请教指点。跟着优秀的人，耳濡目染，会让自己变得更好。只有真正了解优秀的人，才能知道他们是如何达到这个境界的，才能获得变优秀所需要的一切资源。不断地进步，努力向自己的理想靠近，最终成为自己想要成为的人！

三、初心可守

不管怎样，无论走到哪里，走得多远，都别忘了，自己是为了什么而出发。岁月不管你是否如意，总是不会停下来等你；时光不管你是否在意，也总是如流水般，悄无声息地从我们身边无情地流走。

也许你没有看到过大漠的落日，那是何等的壮丽。也许你没有看到过江南的小桥流水，那是何等的婉约。我们总是感叹人生的坎坷，总是感叹红颜易逝，总是感叹皱纹早早地爬上了我们的额头。岂不知人世间一切都是高低不同，蜿蜒崎岖。只要用心去感应，就能知道这是一种错落有致的美。

大到日升月落、黄河长江，小到一枚种子的发芽、一片叶子的飘零，都有着自己生命的轨迹。而这一切都是那么的匆忙。忙碌的我们总觉得缺少了什么，但却无从想起。

独处时，我也经常想这世间有太多束缚和压抑、无奈和孤独，尤其是在空寂的夜里。每当这个时候我就想做流动的风，可以在戈壁大漠上让自己肆虐。可这一切都会随着黎明的到来，在阳光下被蒸发得一点儿不剩。当我们还来不及感叹时，就已重新打点行囊匆忙启程了。或许人生就是这样的一场旅行，没有终点，只有起点，有的只是一次出发与到达的时间间隔。也许你永远走不到那个路口，但是总会有人为你指引着方向。

在路上，依然会为一朵落红而伤心，依然会因一首老歌而动情，依然会为一处风景而触怀。依然会珍惜自己、珍惜朋友。因为我们错过便不会再相逢。因为我们还有爱，这种爱是与生俱来的，不会因为岁月的沉淀而减少，只会越沉越浓、越陈越醇。这种爱，终会在岁月的最深处，还我们一个会心的微笑。原来世界如此地温暖，原来一切都是那么美好。开心的、不开心的；在乎的、不在乎的，都是我们心门之外的牵绊。心洒脱了，会把所有都放开，包括自己，因为我们都属于岁月。

现在终于知道，我们缺少的是最初的简单和纯真。就如我们的行走，刚开始上路我们是愉悦的，当我们荷重前行时，这便成了一种负累。在经历过生活中的酸甜苦辣后，才会发现人生最重要的东西并不是金钱与物质，而是精神上的追求。只有真正了解自己、欣赏自己，才能获得心灵上的慰藉。理解生命的常态，也就不再羡慕任何人。

夏花不用羡慕冬雪的飘逸，秋月也不用羡慕春草的快乐。不会再因为岁月而感叹；不会再为心情而发呆；不会再因为琐事而据理力争。现实生活，保持精力充沛的状态，对于自己来说，意味着高质量地完成各种任务，并不会随意地迷失自己。对于他人来说，意味着你积极向上的精神态度。哈佛大学幸福公开课中的一位教授曾经说过，积极的情绪可以感染他人，就如同微笑具有传染性一样。

所以你可以看到上同样的大学、住同一间宿舍，有些人每天都精力充沛，不仅学习搞得有声有色，课外活动一个也没有落下，而有些同学，单单一个期末考试，已经把他们折磨得要生要死，更别说整天都窝在床上，要不就呆坐在电脑前，什么都没有干成，却天天都跟他人抱怨这个抱怨那个。

可能你会说，之所以会出现这样的差别，是因为各自对待时间的方式不同。其实，与其说是管理时间，不如说是管理精力的不同。

根据《精力管理》的理解，人类的精力，其实由 4 种来源构成：身体的、情感的、思想的、精神的，四种精力资源需要在消耗和储备之间取得平衡才能保持不会枯竭。

我们该如何保持最佳的精神状态呢？首先，要学会懂得，有些苦无需说，有些泪不必流。还心一片澄明，仰头看看天上的流云，轻盈地映入我们的眼眸。多少美景，风轻云淡，我们还有什么理由再苛对自己和他人。用初心做自己、用爱心待他人。其次，不要让精力耗尽于琐事上。如果真的把时间花在琐事上，那么精力很快就会耗光，甚至是无法使用掉。所以，一定要保证充足的睡眠时间。最后，注意休息，一定要保持身体的健康，因为当你的身体出现状况时，就需要付出多余的精力去应对它，那留给其他事项的精力，自然就会随之减少。想想当你感冒发烧的时候，连基本的生活，可能都需要别人来照顾，更别说去工作学习了。保持身体精力的关键就在于，拥有良好的睡眠质量和一星期三次的有氧运动。

关于如何保证良好的睡眠质量，其实很简单。睡觉前，先把所有事情整理一下，然后就进入梦乡。睡不着，就起床。中间醒了，想起来了，再睡个回笼觉。这样循环下去。

若是一会儿刷刷微博，一会儿玩玩微信，一会儿看看视频，到最后终于熬不住了，放下手机，大脑却忽然想起来白天工作时事情没有办好，于是即使躺在床上，也一直惦记着未完成的事情，越想越心烦，越想越精神，明明身体已经疲惫不已急需休息，可大脑中的杂念就是停不住、清不掉、静不下。不仅仅是白天没有做好的事情，就连已经过去不知道多久的陈年旧事都莫名其妙地忽然回想起来了，从曾经在众人面前不小心出过的丑，到曾经喜欢的人却因为各种原因没有在一起，到从前有幸吃过一次就再也没吃过的美食，如此细数到童年时狠狠摔过的一跤，诸多不如意之事混杂着种种情绪，百感交集，辗转反侧，接着就这样莫名其妙地失眠了。回想到最初，也只不过是因为惦念白天没有做好的事情罢了。没有完成任务的罪恶感，一直萦绕在脑海里，导致你无法入眠。当天的事情，应该当天就做完，按照自己的步调和计划，一心一意地做好它。后来，因为用全身心去做一件事情，这件事情完成之后，又会产生满足感，基于这两种因素，一般会很少失眠。

至于运动，运动是一个非常好的减压方法，能够有效缓解压力，同时也能提高睡眠质量。当然，运动后还需要注意休息。要积极锻炼，不能长时间待在办公室，否则身体容易疲劳。如果你每天都呆坐着，强烈建议你每个星期抽空去健身房出出汗，并且回去好好洗个热水澡，可以说是幸福感极强的事情之一了。如果想减肥的话，最好的办法就是少吃一些油腻、辛辣、刺激性食物，再加上平常注意保持运动，坚持一段时间。另外，多喝一点儿水，保持心情愉快也很重要。放松身心，不要对生活感到压力，体重自然而然就会变得适中。

不要的，要早点儿拒绝。前一阵子，我的社群里，有人问过这样的一个问题：自己在宿舍里，经常被舍友叫去帮忙，不是帮忙修修电脑，就是帮忙出去拿拿快递，自己不喜欢，但又不知道如何去拒绝，搞得自己不仅心累，而且又烦躁。不懂拒绝，导致这位同学的情绪精力被无谓地消耗掉。每个人的情绪精力，都是有限的，当你把情绪精力，花费在生气、烦躁、焦虑之上，很快你就会倍感疲惫。我们的生活中，总会遇到各种各样的伸手党，对于这样的伸手党，你可以有以下的三种选择：第一，如果他们是第一次，因为经验值不足，而你跟他们又有情谊在的话，可以帮助他们，你给他们提供解决问题的技巧和方法，并约定，这次是第一次，也是最后一次，今后他们就知道如何去操作了。第二，如果他们是仗着性别、家境、成绩的优势向你施压，那你可以大大方方地拒绝，因为你不欠他们，没有必要向他们提供无偿的服务。第三，如果他们知道怎么去做，但就是因为"懒惰"的话，这种人，只能拒绝、拒绝再拒绝。都说欲壑难填，当别人习惯从你身上索取东西的时候，一旦你不再提供给他，那他不仅不会对你心存感恩，还会对你怀恨于心。善于拒绝，可以保存我们有限的情绪精力，不会让自己的情绪，被别人牵着走。转换思维方式，让你走出第一步。

其实也有很多人想走出浑浑噩噩的状态，让自己过上精力充沛的生活，你对于他这样的想法，也给予足够的鼓励和支持，但从他的口里说出来的言语，你彻彻底底对他失去了信心："我不能，我不会，我不愿意……"这些话，仿佛成了他的口头禅，打死也不会改变。人是一种会自我实现的动物。

一个人，如果总是把"不会""不能""不愿意"挂在嘴边，那他的行动，就会按照他的言语去践行，遇到问题，唯唯诺诺。所以说——念念不忘，必有回响，其实也是自我实现的一种形式。

只有不断逼迫自己转变这样的思维方式，把"不会""不能""不愿意"这些词语给替换掉，才能真正打破自己给自己套上的牢笼，逃出自己给自己架上的桎梏，时刻想着怎么样才能去做一名精力充沛、积极向上的人。我们每个人都有不同程度的心理困扰，但是，只要我们能够正视这个事实，并积极地调整心态，改变行为模式，那么一定可以让生活变得更加美好。

这样的一种思维方式，才是我们应该转变和践行的。因为，这正是每一个想要成功的人所需要的。如果我们也想成为那样的一个人，那就必须要学会如何将这种思想方法融入日常的点点滴滴之中。从点滴做起！为自己的学习、工作，赋以意义。曾经遇到一位老师讲课特别带劲儿，他的课无论是在午睡后的第一节，还是晚上九点多，依旧保持着最佳的精神状态。然而对于学生的我来说，午后的时光多么疲惫啊，能保持清醒就已经很不错了，还要我神采奕奕地学习，几乎是做不到啊。

但他做到了。后来，在深入了解他之后，发现他把教师这份工作，是当作终生的事业来对待：备课勤勤恳恳，讲课认认真真；待学生，更是爱意绵绵。生活中，总有人把工作、学习当成终身大事来对待，他们一路奋战，不是为了博取什么功名利禄，而仅仅因为是初心不改，所以一直走到了今天。

四、初心可言

前段时间，有一首名叫《故乡》的短诗很火，短短的十三个字，竟然获得了十三万元的奖金，真可谓是一字千金！作者的语言是那般生动、传神，又是那般激情昂扬、铿锵有力。对比之下，我的语言就显得那么的苍白无力，这不得不激起了我对语言的反思。

我自知在语言方面的笨拙，在日常的人际交往中，这一点让我深感烦心。在说与不说之间犹豫、纠结，又在说

好与说不好之间斤斤计较、取舍不下。见熟人打招呼，见
长辈问好，这么再平常不过的日常语言的运用，对我来说，
就有那么一点儿的不自然。这是为什么呢？问题出在什么
地方呢？语言表达能力的提高对我来说有那么困难吗？

　　作为常识，一个人有怎样的言行举止，与其内在的性
格特点是分不开的。那么我是什么性格呢？我有认真对待
这个问题吗？在很多时候都只是听别人评说，某人是性格
外向、活泼开朗、洒脱大方等。如果让我回答这个问题的话，
深感那么的突兀、不自在，然而我却让问题在那里悬置着，
或说置若罔闻。当遇到必须要给自己的性格有个定位的时
候，如填个调查表之类的时候，我一般会纠结起来，真的
有点儿写不出来。无奈之下只能模糊其辞，或是随意地一
填了事。也就是说，对于自己是什么性格从来就没有个准
确的定位，也没有认真的思考。在这里就不深究这个问题
了，要明白的是这个问题的存在。同时可以肯定的是我的
性格影响着我的语言表达，突出地表现在日常人际交往中
语言的认识和运用之间的不成比例、不相匹配。

　　在日常的人际交往中，如果留意一下，单以说话的内

容来看，我们说的大多都是废话、多余的话。最常见的类型：某人正做着什么，你看见他，然后说他在做着什么。曾有一段时间，我对人们日常的交往用语就有着都是废话、没用的话的看法。而现在看来，那是面对自己的不足之处的一种逃避的心态。对日常的人际交往的用语就没有客观、公正的看待，实际上，是对"废话"存在一定的偏见，没有一个正确的认识和对待。日常的人际交往用语，并没有过多的内容可解读，而更多是话语的外在的东西。当遇到认识的人的时候，一声问候，多少能够拉近两人的联系，至少在其他人看来这两个人是认识的。同时能够彰显你对对方的尊重，你没有忽视他的存在。在某种角度上看，说明两个人的关系是良好的。可以想象得出，如果两个关系不好的人相遇，别说是打声招呼了，就连对方的出现都会影响心情。同样的，如果遇到认识的人而没与其打声招呼，可想而知的是对方将做何感想呢？即正常的现象，突然变得不正常了，下意识就会想到："我做了什么不对的事了吗？"另外，这也是一种生活习惯，或说是一种风俗习惯，大的方面说是文化传统，即作为一种礼节的存在方式，自古以来，我国就有着礼仪之邦的称誉，礼的思想传统有着深远的影响。

　　然而对不认识的人，一声问候，则是认识的开始，并为成为朋友创造可能。有时却不是为了去认识而去主动打招呼，是出于礼节性的，在一定的客观条件下才可能发生的。比如，在服务型的行业里，问候语是从事这一行业人员的必备素质，这也就是所谓的工作语言了。给予陌生人的一声问候，给他人带来温暖，展现了自己的热情、自信，同时也是个人魅力的展示。无法想象的是，一个自卑、冷漠的人能够走出自己而走向别人。我们应该看到，语言是从人类的实践活动当中产生的，即人在实践活动中不可避免地与他人发生关系而形成实践活动的关系，随着实践活动关系的发展，出于实践活动的需要，到了不得不说出来的程度，语言和意识便产生了。从语言的产生的过程可以看出，语言是人类的本质属性，是人类独有的交往、表达思想的工具。基于这一点，我们没有理由不说出自己想表达的内容，也不可避免地要与别人进行语言交流。在现代西方哲学中，有着语言转向的众多的哲学流派，语言成为把握世界的对象。维特根斯坦的著名论述"对于说不清楚的，我们必须保持沉默"，则引起了人们对语言的重新审视和思考。

在日常生活中，与我们息息相关的是我们的语言——中文，特指汉语。而汉语的学习和掌握集中地反映在语文的学习过程中。而我们的语文学习得如何呢？我们对汉语语言掌握的水平又如何呢？我不知道标准是怎样的，但语言是人与人交流所必不可少的，即使没有把普通话说得很流利，也并不能给人们的交流造成阻碍。汉语语言的魅力是令人惊叹的，即便是对和我类似的汉语言水平一般的人来说，也是不得不叹服的。汉语的发展史就是中华的文明史，中华五千多年文明的积淀，构成了汉语言的浑厚内涵。诗、词、歌、赋、曲等无不体现了这一点。

人民日报微信公众号里推送了"通篇只有一个读音的中国古文，老祖宗太狠了"为标题的文章，只用一个发音来叙述一件事，除了中文全世界是无其他语言能够做到的。看过这篇文章之后，我感到无比的骄傲，同时也看到那是古人的成就，现代人还能取得如此成就吗？毋庸置疑的是我们的汉语言有着辉煌的历史，这同样引起我们现代人的反思。所以这里，我就想到了中国文化的伟大复兴。在中国近代，中国文化受到了西方文化的严重的冲击、打压，一度处于发展的弱势。我们看到，近年来提出的"中国梦"也正印证了这一历史内涵和发展趋势，世界各国逐渐地开办孔子学院和孔子课堂。汉语热是当下的世界潮流，在国家广电总局的 2015 年报告里，显示出国外引进中国制作的影视作品，有越来越多的发展势头。

回归到个人的汉语学习的实际，我没有把汉语学好，这一方面反映在对语文课程的学习中。虽是个人的情况，我觉得类似情况还是很多的，在当下的教育体制下，语文的考试重视程度胜过语文的学习过程。回想当时自己的语文的学习过程，就是个痛苦经历，实则是对汉语的学习重视程度不够。当下，以改革创新为时代精神，那么对教育体制的改革自然是不可少的，所以我深信在以后的语文教学中一定会取得实质性发展。而对于中国的语文教师而言，应该更多地去思考如何让语文更加适合社会的需要、怎样使课堂变得生动化、如何将知识转化成文化等。当然，我们也不能忽视对教育理念的改变，因为这样才能促进学生综合素质的提高。

在个人层面，我们又该如何来提高自己的汉语言水平呢？通过前面的分析可以得出一些方法和途径。在日常的人际交往中，日常语言的使用大都是无意识的，是一种习惯性的运用，所以，首先要做的就是有意识地去使用日常语言，逐步学会体验汉语的魅力之所在。其次，就是回归传统，从经典的文本中汲取养分，主动地去感受汉语文学作品的熏陶。这一点是关键的，在当下的时代环境下，生活的节奏加快，浮躁的生活氛围，人们更多的是感受压力的时间、娱乐的时间，对于把握阅读的时间这无疑不是一种挑战。再次，语言表达能力是进入社会的基本能力，这是无法逃避的，所以这是作为一种基本能力的培养。最后，语言水平的高低还要取决于是否形成语言思维，我们应在日常的生活中有意识地去锻炼和培养。

言由心生，倾听我们的内心，那最深处亦是最初的。对语言的反思，清楚地认识到自己的不足。引起了对语言学习的重视，语言的丰富内涵是值得我们去发掘的。进而，以便我们将内心的声音表达出来。

第三章

回归

外在追逐，亦是放逐

第三章

回归

外在追逐，
亦是放逐

一、时光易逝

时光流逝，"老"是每个人必经的历程。容颜不再、体力不支、记忆衰退……这些生理变化都在所难免，但人的心理、心态，可以不受时间的限制，任性而为。在蔡澜看来，人老了，能如一棵白兰，老得庄严、干净、清香，便是对生命最大的尊重。

无需穿着时髦，把衣服洗净烫平，便是最精致、最干净的状态；不为皱纹而烦恼，将脸庞打理清爽，就能散发优雅鲜活的魅力。其次就是言谈举止。不要总是闲谈闲聊，追忆往昔。老了也要寻到一项爱好认真钻研，琴棋书画、养鱼种花，不为名利，只求闲情雅致。人生若只如初见，便已足够美丽。从容淡定地走完这一生，才能让我们拥有更多美好的回忆，享受到更高层次的精神世界和精神家园。

林语堂曾说："优雅地老去，也不失为一种美感。"坦然接受岁月在身上留下的痕迹，装点生活中能够优化的部分，为生活增添情趣，甚至借以表达自己的审美与人生态度。说到底，不过是想活成自己想要的样子。不败给时间，不在意世俗，而是任性地活着，活在自己最舒适的状态里。

一个人真正的魅力，藏在他经年养成的气质与底蕴里，任时光摧残，也不会失去与消散。岁月无情，但有一种力量是永远无法泯灭的！它能让我们从青春中汲取养分，让我们更加成熟稳重、奋发向上。当我们步入老年后，那份从容淡定的气度和豁达洒脱的胸怀会慢慢沉淀下来，成为永恒。你不老，因为年轻时就已经拥有了这份美。别害怕老去，要享受每个年龄阶段的独特之美。

　　19 世纪法国大文豪雨果说："世界上最美丽的花朵不是玫瑰，而是你身边那些懂得微笑的人们。"我们要学会善待他人，让别人感受到温暖。在生活中不要太在意他人的评价，而应该多给他们鼓励与赞美；同时还要注意自身修养，提升自我价值感。当一个人变得成熟之后，就会明白什么事情值得做，什么东西不该看，该放弃的时候一定要放下来，这样才能获得更高的人生境界。生活中处处都充满着智慧，只有不断地学习进步才能拥有更美好的未来！在生活中，我们可以把自己当作一面镜子，去观察周围的一切，从中汲取经验与教训，从而使自己更加完美。

　　《诫子书》有云："非淡泊无以明志，非宁静无以致远。"意思是，不追求名利，生活简单朴素，才能显示出自己的志趣；不追求热闹，心境安宁清静，才能达到远大目标。

　　所以圣人只是维持基本的生存生活，对外物有选择性地取舍。简单的人，想的事少，对待一件事、一个人更专心，不会搞弯弯绕绕。简单的人，不会在意别人的评价，只会遵从自己的内心。想得太多，算计太多，反而会为生活所累。

在日益复杂的现代社会里，做一个简单的人，才是真正的高境界。简单的人懂得以简驭繁在复杂的世界里保持内心的安宁。做最简单的人，吃最简单的饭，过最简单的日子。真正的好生活都是简单的，平平淡淡才是真。生活的本意，就在诗酒田园间。生活的智慧，最重要的就是守住本心，回归本心。做人豁达、宽容和平和，这样才能得到他人的尊重，也能获得朋友的理解与帮助。做人要谦和，不要斤斤计较，更不能恃宠而骄。只有谦逊而不骄傲，我们才能赢得别人的尊敬与爱戴；只有谦卑而不失自信，我们才能拥有人生美好的未来！

"君子坦荡荡"，这是一种气度，更是一种修养，这正是《论语》中孔子对君子所推崇的品质。"小人常戚戚"，这是一种心态，更是一种责任。没有担当就会有压力，没有压力就不会进步，没有进步就无法成功。所以，面对困难时就要坦然接受挑战，面对挫折时还要勇于战胜自我。只要敢于直面问题和矛盾，就一定能够不断地提高自身素质，从而实现人生价值，最终达到理想的目标。

老子讲，上善若水。随和的人就像水一样，虽然柔软，但是却可以包容万物。《道德经》中说"夫唯不争，故无尤"，随和的人就像水，看上去柔软，却隐藏着无穷的力量。做人随和，说话做事给别人留余地。

做人做事随和，不钻牛角尖，别人才会对你有好印象，有好印象自然有好人缘，人缘一好，路就宽了。人与人之间的交往，要学会宽容待人、以和为贵。一个人若是在朋友面前表现出自己的斤两和脾气，那他的友谊也将随之而去，甚至可能因此失去许多美好的东西，这就是所谓"树大招风"。所以我们应该学会宽容对待身边的一切事物。在生活中要善于观察、多思考、多向他人学习；同时要懂得谦让，不要轻易地给对方难堪；当遇到事情时，要积极配合并尽力帮助别人解决问题；要注意生活细节，做到量力而行。只有这样才能让自己成为一个和谐快乐的人。古话说："不积跬步无以至千里，不积小流无以成江海。"只要我们能从点滴小事做起，积累一点儿小智慧，不断提高自身素质，那么成功一定属于我们！做人处世平和，不钻牛角尖，人家才会对你好起来。

中国有句老话"枪打出头鸟"，锋芒太露，容易招致祸患。"持而盈之，不如其已；揣而锐之，不可长保。"强势的人锋芒太盛，在言行上往往很不注意，很容易伤害他人，而这种伤害也是一种树敌。

杨修因一句话被杀，就是因为其锋芒太过。内敛，会让你成为一个从容、大气的人。做一个随和的人，守住口，保持低调随和之心。

当然，随和不是无原则的妥协。平和才有宽容与包容，才能得到朋友们的理解和支持。无原则的妥协并不意味着没有底线，也绝不是"软硬不吃"，更不能以牺牲自己为代价换取别人对你的认可、信任与尊重。相反，要善于在容忍中学习，学会欣赏他人的优点，从而获得友谊；同时更要学会接受对方的缺点，学会原谅对方的过错，这样才会让人感到亲切而又温暖。如果我们能做到这一点，就可以把自己变成一个和蔼可亲的人，成为大家信赖与爱戴的对象，那么即使发生了矛盾冲突，我们都不会感到难堪。其实，生活中很多事情并非非要选择退让。只要肯付出点儿什么，也许一切问题便可迎刃而解。

老子曰："万物负阴而抱阳，冲气以为和。"和谐不是静态的和谐，和谐是竞争之中的平衡状态。没有矛盾冲突就不会产生和谐。要处理好这个关系，首先要端正心态，把自己当成一棵大树。树大了自然遮风挡雨；树小了也能遮风遮阳。只有这样，才能达到双赢局面。所谓人争一口气，佛争一炷香。也有俗话说，做人不要斤斤计较。对于一些无伤大雅的小事，我们当然不必去较真。但是原则性的问题还是要据理力争，不当墙头草，不能和稀泥。这才是真正的随和！

二、追光而去

有幸读到作家梁晓生先生的一句话，内心颇不平静，受益匪浅。

梁先生说："根植于内心的修养，无须提醒的自觉，以约束为前提的自由，为别人着想的善良。"

修养像根一样生长在我们的内心，伴随着我们的每一次行动生根发芽，越植越深。人之所以有个性，是因为他具有良好的道德品质。而道德又反过来影响到他人，从而使别人也成为他的榜样。这就形成了自我塑造机制，即个人化过程。所以说，修养不是孤立地存在于个体身上，它与社会生活息息相关。只有把自身内在素质提升到一定程度之后，才能真正体现出个人魅力。

一般而言，修养与学历并无多大关系，它是从骨子里透露出来的一种高贵。今年的五一假期，朋友来学校看我，我亲切地称呼他为"丰哥"，丰哥和我同在一座城市，高考没有发挥好，考了一个三本的大学，但大学决定不了一个人内心的修养。我们吃过午饭，漫步在我们学校的水系道路，本想着坐下来聊聊天，可"最是那一低头的温柔，恰似那水莲花的娇羞"。事实上我确实有些"娇羞"，干净的水系旁，不知是谁吃完瓜子就将瓜子皮随意吐在那里，香蕉皮、零食袋子"躺"在那里……就在我注视着垃圾的时候，丰哥不知道在哪儿找到了一个垃圾袋，不慌不忙地将垃圾装进垃圾袋，看着他一个一个地捡着瓜子皮，我深深地被他打动了。也许这才是国人真正的素质，这才是一个人真正的修养，根植于内心，不论什么身份、什么学历，总会用独特的光芒照亮身边的人，照亮脚下的路。

曾经看过一篇文章，让我真正感受到了无需提醒的自觉，对他们充满了尊敬，虽然他们是日本人，不过在我看来，历史固然要铭记，可是好的思想、好的习惯，我们便应当学习，"师夷长技以制夷"，取而用之。那是日本街道的雨景，道路上满是打伞的行人，我还在惊奇为什么在突然来临的大雨中，所有人都有了雨伞，仔细观察，我才发现，日本的每家小店都为路上的行人准备了临时用伞，那一刻，我的内心充满了感动；第二天晴空万里，风和日丽，可是街上的很多人都拿着雨伞，就在我感到奇怪之时，我才想起，原来他们是要把伞还给店主，这种互帮互助，讲究诚信的行为不得不让我感到惊讶，让我感到敬佩。想想中国大桥被锁链锁着的打气筒，也许是因为我们某些行为不当造成彼此之间的不信任吧！不过我相信，总有一天，我们国人也会有无需提醒的自觉，就让时间老人推动我们素质的进步，造就越来越多的文明吧！

早在 17—18 世纪，法国就发表了《人权宣言》，其中最重要的就是自由。我们每个人都向往自由，却不知道自由要建立在自我约束的前提之上。突然想起一首歌曲：
"我要像梦一样自由，像天空一样坚强，在这曲折蜿蜒的
路上，体验生命的意义……"我们生来爱自由，有着一颗
放荡不羁爱自由的心。有一次与朋友谈心，我和朋友说我
现在挺自由的，吸烟、喝酒、打游戏，每天过得也挺潇洒，
无忧无虑。可是朋友闻言却说我变了，变得不再是那个她
认识的我了，她问我："难道你就没有什么牵挂的吗？"
我回答道："既然选择了自由，就不再牵挂什么，这次考
试我挂了三科，可我一样活得潇洒。"

"你就这样无所谓了吗？"朋友问道。

"无所谓，什么也不想，为自己而活，活得潇洒挺好！"
我说道。

"好吧。"她叹了一口气，"不过我希望有一天你会
变成原来的样子。就你现在这个样子，你就这么堕落吧！
真不知道你什么时候才能清醒……"

电话挂断了，我这么心大的一个人突然有了一丝危机

感。我从小生活在这座小城市，虽然不能大富大贵，可尚且衣食无忧。我幻想着有一天出去看看外面的世界，但是以我现在这个样子，想毕业找份工作都困难。我点着了一根烟，在烟雾弥漫之间，透过微薄的月光。我想我或许只是想要有一个人为我拨开云雾，细细指点迷津，就像这微薄的月光。可我转念一想，即使是那样，我真的能改变自己吗？改变是多么困难的一件事！犹犹豫豫之间，我依然找不到自己的方向，不知道自己真正想做什么事，更不明白自己究竟为何会这般"堕落"。未来何去何从，我不能得知。不过，经这么一遭，至少我在恍惚间仿佛明白了些什么："自由也要有个度，想要长久的自由，就必须约束现在的自己。"

　　朋友在福建一座美丽的城市读大学，本想着这次同学聚会大家能够再聚一聚，前几天和她通过话才知道，她今年不回家了，在那座城市做了一个兼职，搞销售的。"此去别离数月间，人事已上九重天"，真的不敢相信一个说话都磕巴的人竟然做起了销售工作。不过正当我恭喜她的时候，她却说"过几天就不干这工作了"。

我问她为什么，她说销售工作要陪客人聊天喝茶，她不想让男朋友误会自己，在现实和爱情之间为难。

后来，我想了想，其实，这也是一种正确的选择吧，毕竟在伟大而又纯洁的爱情面前，一切都显得微不足道了。一份美好的爱情也许就是两个人彼此的珍惜吧，有了为别人着想的善意，彼此理解，互相珍重，也许爱情就不会过期。

后会有期，后会无期，人生若只如初见，何事秋风悲画扇。我们所有的遇见都是一笔宝贵的财富，我们所有的心情波动都是文明和心灵的成长。返璞归真，回归本心；人生美好，且行且珍惜。

三、内心有法

18 世纪德国古典哲学的创始人康德曾为自己的批判哲学设定了一个基本目标，那就是考察人类的理性能力，而且这种考察是一种整体性的考察。对康德来说，人类理性是人类心灵所具备的基本能力，尽管用于实践的理性和理论上的理性是同一个理性，但实际的应用当中却有着不同的作用方式。通过考察理性的思辨运用，揭示了人类认识能力的先天原则是时空和知性范畴，正是通过这些先天原则，关于认识对象的知识才得以形成。但就哲学上的认识而言，人类理性只是个消极的概念，它标明了人类的认知所不能够达到的一个领域。

那么，对于人类理性整体而言，理性在表示界限的概念的消极的警示作用之外，还存在着积极的作用。如果说，知性统治的领域是自然领域，理性在自然领域只能起到消极的作用，那么，理性能够积极运用于不同于自然的领域，甚至可以成为立法者，以及积极运用的先天原则，而这些正是康德的伦理学要处理的问题。在康德看来，"纯粹理性在实践方面的运用就在于为人类的欲求能力颁布一条先天规律，这就是所谓的'实践规律'即'道德律'（或道德法则）。首先，他认为，人们的善与恶、义务与责任、合法性与道德性等观念，乃至全部道德观念和道德规范，都是从先天的道德律派生的；其次，他认为理性在实践运用上的目的就是要产生一个'善良意志'，即与道德律相吻合的意志，而绝不是为了达到行为的任何实际效果；最后，他认为理性在实践运用上的全部对象或最终目标是'至善'，即道德与幸福的统一，也就是善良意志与满足尘世生活需要这两者的协调"。

无论在理论哲学之中，还是在实践哲学之中，法则都具有中枢的位置。"纯粹理性的认识能力和实践能力都必然通过法则实现出来，而这里最为特殊的一个特征就是，无论在自然领域还是在自由领域，纯粹理性都通过作为理性存在者的人在颁布法则，人既为自然立法，亦为人自己的实践活动立法。"能够作为意志的决定根据的道德法则构成了康德伦理学的核心。

按照康德的理解，道德法则作为意志的决定根据，尽管始终是先验的，但是却既可以从形式的角度来理解，也可以从客观的角度来理解，还可以从主观的角度来理解。而关于实践规则的定义在《纯粹理性批判》正文第一节就给出："实践原理是包含意志一般决定的一些命题，这种决定在自身之下有更多的实践规则。如果主体以为这种条件只对他的意志有效，那么这些原理就是主观的，或者是准则；但是如果主体认识到这种条件是客观的，亦即对每一个理性存在者的意志都有效，那么这些原理就是客观的，或者就是实践法则。"而这一表达又可简述为在《道德形而上学奠基》的一个注释："准则是意愿的主观原则；客观原则（如果理性能完全控制欲求能力的话，也能在主观上用作所有理性存在者的实践原则的那种原则）就是实践法则。"准则是只对行为者个人的意志有效，因而是主观的；而法则是对每一个有理性的存在者的意志都有效的，因而是客观的。

我们知道，思辨理性处理的是人类的认识能力，而实践理性处理的则是人类的欲望能力。康德认为，这种欲望的能力或是欲望的功能，是有所区分的。"一切质料的实践规则都把意志的规定根据置于低级的欲求能力之中，而且，假如没有足以决定意志的单纯形式的意志法则，那么，任何高级的欲求能力都可能会得不到承认。"康德认为，意志可以体现低级的欲望能力，也可以体现高级的欲望能力。

凡以欲望能力的对象，即"质料"为意志决定根据的先决条件的，都是诉诸经验原则，这种意志体现的是低级的欲望能力。而只有以"单纯形式的"实践法则为意志的决定根据时，这种意志才体现高级的欲望能力，而这种意志也就是纯粹意志。一方面，实践法则涉及的是高级的欲求能力，在实践法则中，理性是立法者，它自己决定意志的根据。"如果认定，纯粹理性自身就包含了一个足以决定意志的实践的根据，那么实践法则就是存在的；否则，所有的实践原则就都仅仅是准则。"由于实践法则要求的是普遍有效性，所以它必然是纯粹的，是形式的，它只关涉纯粹意志本身，与其后果无关。另一方面，除了实践法则之外，实践规则还有别的样式。认为自己所设立的规则并不一定就是法则，实践理性处理的是主体欲望能力，而规则能够体现高级的欲望能力，也能够体现低级的欲望能力。

康德把体现了低级欲望能力的决定根据的规则，归结为自身幸福原则。"一切把任性的最高规定设定在从某一个对象的现实性那里可以感受到的愉快或者不快之中的质料原则，就此而言完全具有同一种性质，即它们全都属于自爱或者自己的幸福的原则。"所谓质料的实践原则，就是指以欲望能力的对象或客体为意志根据的先决条件的实践规则。这种情况下，对于对象，即对于通过意志的因果性所实现的东西的欲望，要先于实践原则本身。康德认为，这就表明了两点：第一，这条原则是经验的原则；第二，这种经验性原则，是以快乐与否这样的主观条件为基础的，不可能具有普遍性，因而只能是准则，而不能是法则。

四、追求幸福

寻常人说追求幸福，大多数人会想到追求一份美好的爱情，一生一世一双人，同甘共苦，不离不弃；也有的人会想到追求一项远大的事业，不论前方有多少风雨坎坷，不畏惧艰难险阻，在做到它的时候，人也就得到了幸福；还有的人会想到追求一种自我的人生，不必在乎外在的一切，沉浸于自己的世界中，做自己热爱的事，拥抱内心的鲜花和诗歌，这就是幸福。

但是不管怎么说，每个人的追求都是不同的。当然同理可知，每个人追求的幸福也是不同的。因此在哲学上，追求幸福是与对需求的满足联系在一起的。而需求所涉及的正是欲望能力的质料，它与主观的快乐与否相关，只能被主体在经验之中体验到，因而不具有普遍性，不能成为实践法则。至于自爱原则，康德认为，尽管它包含着某种一致的规则，即为达到某种目标而对所采取的手段有一致的看法，但是它仍然不能成为实践法则。因为这里的一致只是偶然性的，没有来自先天必然性的保证，只具有单纯的主观必然性。所以，同自身幸福原则一样，自爱的原则同样是经验性的，不具有普遍性。

关于两种欲望能力和实践规则的关系，我们可以看到：低级的欲望能力，体现的是质料的实践规则，也就是把某种欲望的对象或客体，作为意志的决定根据的先决条件。尽管欲望的对象的表象可是只知性的表象或者是理性的表象，但只要意志的决定根据是依赖于因对象而产生的快乐与否的情感，那么主体是以何种方式受到刺激，都是一样的，也就是说都是经验性的。这种经验性反映的是单纯的主观性，不具有普遍必然性，所以这样的实践规则只能成为准则，而不能是法则。自身幸福原则就体现了这种低级欲望能力的准则。"自身幸福原则，无论在它那里使用了多少知性和理性，对于意志来说毕竟只包含有与低级的欲求能力相适应的规定根据。"相反，高级的欲望能力体现的则是纯粹形式的实践规则。这种实践规则，把纯粹的形式作为决定意志的根据，而意志也就成为纯粹意志。

在这种实践规则中，理性自身立法，不以任何欲望能力的质料以及由此而来的快乐与否为先决条件，也就是说，排除了任何经验性，理性自己在实践中直接决定意志。这种理性自为的决定意志的、体现了高级的欲望能力的实践规则，是先验的而非经验的规则，即实践法则，它具有客观必然性和普遍性。"实践法则具有完全客观的而非仅仅是主观的必然性，并且必然是通过理性先验地认识到的，而不是通过经验认识到的，不论这种经验如何具有经验的普遍性。"

从高级的欲望能力和低级的欲望能力，以及与之相应的法则和准则的区分，我们已经知道，普遍性实际上是区分它们的唯一标准。实践法则是纯粹形式的、普遍的。"如果我们把法则的一切质料，亦即作为决定根据的意志的每一个对象，都抽取掉，那么，这个法则之中除了普遍立法的单纯形式之外，什么也没有剩下。"这里的法则的普遍性除了表现为单纯的形式之外，还表现为与一切经验性决定根据的绝对区别。普遍立法是理性的立法，而非经验的立法。理性存在者的准则要想具有普遍性，就必须抽取掉其中所有经验性的东西，只剩下单纯的立法形式，这时候，它就成了实践法则。实践理性的基本的实践法则也就是道德法则。

那么，康德的这个形式的道德法则、道德原理，这个道德律令、绝对命令究竟是什么呢？在《道德形而上学奠基》中康德把它表述为唯一的"定言命令"："你要仅仅按照你同时也能够愿意它成为一条普遍法则的那个准则去行动。"在《实践理性批判》中康德把它称为"纯粹实践理性的基本法则"："要这样行动，使得你的意志的准则在任何时候都能同时被视为一种普遍的立法的原则。"这个定言命令即绝对命令。

"自然的一切事物都按照规律发生作用。唯有一个理性存在者才具有按照对规律（法则）的表象，即按照原则去行动的能力，或者说它具有意志。既然从法则引出行动来需要理性，所以意志就不是别的，只是实践理性。"我们知道，在实践理性中，理性为自由立法，这种普遍立法不同于知性为自然立法。而作为实践理性的基本法则的道德法则，正具有这种普遍立法性，它必然从意志的决定根据中抽取点儿一切经验性的东西，从而使意志完全独立于现象领域的自然法则，即自然的因果性。这种对于自然的独立性被康德称作"先验意义上的自由"。而这种只能由理性立法的意志就被称作"自由意志"。关于自由和道德法则的关系，康德认为，自由是道德法则的存在理由，而道德法则又是自由的认识理由。普遍立法性和单纯形式性，决定了道德法则的非经验性，也就是无条件性。康德认为，这种无条件的法则与肯定的自有概念完全是相同的。而这种肯定的自由则是道德法则的存在理由。另外，在康德看来，不能从自由本身出发，因为我们无法直接意识到肯定的自由，就认识而言，自由最初只是消极的。所谓消极的、否定的自由指的是意志相对于现象领域的自然法则的独立性。康德认为，我们能够直接意识到的是道德法则。"正是我们（一旦我们为自己拟定意志的准则就）直接意识到的道德法则，才是最先呈现给我们，并且由于理性把它表现为一个不能被任何感性条件胜过的，甚至完全不依赖于这些条件的规定的根据, 而恰好导向自由概念。"也就是说, 通过能够直接意识到的道德法则, 我们才能认识到自由。但是道德法则本身却是自由所致的。

"由于结果据以发生的法则的普遍性构成了在最普遍的意义上（按照形式）本来被称为自然的东西, 即事物的存有, 只要这存有是按照普遍的法则来规定的, 那么, 义务的普遍命令也可以这样来表述: 你要这样行动, 就像你行动的准则应当通过你的意志成为普遍的自然法则一样。"即作为"自然律"的道德律。康德接下来通过四个事例来阐释他的道德律: （1）不要自杀; （2）不要说谎; （3）要发展自己的才能; （4）要帮助别人。"为了使我的意愿成为道德上善的我必须做什么, 对此我根本用不着远见卓识的机敏。"

在对世事缺乏经验, 无力把握世上一切眼前突发的事件的时候, 我只要问我自己: "你也能够愿意你的准则成为一条普遍法则吗?"也就是可以设想一下, 违背这些例子的命题可不可以成为一条普遍的法则? 稍作思考, 我们可以发现: 违背第（1）、（2）个例子的命题是不可能成

为一条普遍的自然法则的，因为他们一旦被普遍化就会成
为一个自相矛盾和自我取消的命题，"我们必定能够愿意
我们行动的准则成为一条普遍的法则：一般来说这就是对
行动作道德评判的法规。有些行动有这样的性状：它们的
准则就连无矛盾的被设想为普遍的自然法则也不可能，更
不用说我们还会愿意它应当成为这样一个法则了。在其他
一些行动那里虽然不会遇到那种内在的不可能性，但是却
仍然不可能愿意它们的准则被提升为一条自然法则的普遍
性，因为这样一个意志将会是自相矛盾的"。违背第(3)、(4)
个例子的命题虽然有可能成为普遍的自然法则，但没有人
会真的"愿意"它成为一条普遍的自然法则，而只是希望
自己能够成为例外，所以，这里的矛盾虽然不在外部世界，
但却在自己的意愿中，"如果我们从同一个视点，即理性
的视点出发衡量一种情况，我们就会在自己意志中发现一
种矛盾，就是说，某一原则客观上必须是普遍法则，然而
主观上却不能普遍有效，而要允许有例外。"其原则都是：
我们的行动及行为的意志不要自相矛盾，而是要成为普遍
的自然法则，才能够保持理性的一贯性而存在下去。

"这样，一切经验性的东西作为德性原则的附属品，不仅完全不适合于德性的原则，而且甚至极其有损于道德的纯正性，在道德中，一个绝对善良意志真正的、超出一切价值之上的价值正在于：行动的原则摆脱了只能由经验所提供的偶然根据的任何影响。"也就是说，不管人们有多么拒斥，都必须再跨出一步，进到形而上学，尽管是进到一个与思辨哲学的形而上学不同的领地，即迈入道德形而上学。

五、远离放逐

18世纪德国哲学家康德说："人是目的。"关于"目的"和"手段"康德是这样表述的："意志被设想为一种自己按照某些法则的表象规定自身去行动的能力。而这样一种能力只能在理性存在者那里找到。现在，用来作为意志自我规定的客观基础的，就是目的，而目的如果单纯由理性给予，就必然对所有理性存在者同样有效。相反，只包含行动的可能性根据——这行动的结果就是目的——的东西，就叫作手段。"而关于"人是目的"康德是这样规定的：

"我现在要说，人以及一般的每一个理性存在者，都作为自在的目的本身而实存，不仅仅作为这个或那个意志随意使用的手段，而是在他的一切不管指向自己还是指向其他理性存在者的行动中，都必须总是同时被看作目的。"并明确地作出规定实践命令将是如下所述："你要这样行动，把不论是你的人格中的人性，还是任何其他人的人格中的人性，任何时候都同时用作目的，而绝不只是用作手段。"

康德对"目的"和"手段"分别作了界定，人作为理性存在者，"目的如果单纯由理性给予，就必然对所有理性存在者同样有效"。欲望的主观根据是动机——主观目的——是质料的；意愿的客观根据是动因——客观目的——是形式的。由前面的分析可知，质料的目的具有相对性因而也就只有相对价值，也就是假言命题，不能成为实践的法则；形式的客观目的，单纯由理性给出，就对所有理性存在者有效，具有普遍性和必然性，因而是定言命题，可以成为实践法则。"然而，假设有某种东西，其自在的存有本身就具有某种绝对的价值，它能作为自在的目的本身而成为确定的法则的根据，那么在它里面，并且唯一地只有在它里面，就包含某种可能的定言命令的，即实践法则的根据。"而这种作为自在的目的本身而实存的，只有人这样的理性存在者。也就是说其自在的存有本身就是目的，再也没有其他的目的能代替的目的，而其他目的也仅仅作为手段来为它服务，否则任何地方都将根本找不到什么具有绝对价值的东西，如果一切价值都是有条件的、是偶然的话，那么对理性来说将无论何处都找不到至上的实践原则。

"有些存在者，它们的存有虽然不基于我们的意志而是基于自然，但如果它们是无理性的存在者，它们就只具有作为手段的相对价值，因此而叫作事物；与此相反，理性存在者就被称为人格，因为他们的本性已经凸显出他们就是自在的目的本身，即某种不可仅仅被当作手段来使用的东西，因而在这方面就限制了一切任意（并且是一个敬重的对象）。"事物作为无理性的存在物，它们只具有作为手段的相对价值；人作为理性存在者而具有人格，即本身作为自在的目的而具有绝对的价值。作为一种至上的实践原则，这一原则从某种作为自在目的本身，而对每一个人来说必然都是目的的东西这个表象中构成意志的一种客观原则，也就能够充当普遍的实践法则。原因在于，理性的本性是作为自在的目的本身而实存的，而人必然这样设想他自己的存有，这不仅是一个主观的原则还是一个客观的原则。

　　人性以及一般的每个有理性的存在者，作为自在的目的本身，因而任何时候都只能当作目的而不能是手段。这一原则不是经验的抽象，它具有普遍性，即一般地针对所有的理性存在者；人性不是被表现为人们实际上自发地当作目的的对象，而是被表现为客观目的，这个客观目的作为法则构成一切主观目的的至上的限制性条件，因而它必须来自纯粹理性。一切实践立法的根据客观上就在于使这种立法能成为一条规律的那种规则和普遍性的形式，主观上则在于目的；而全部目的的主体之作为自在的目的本身的每一个理性存在者。于是得出意志的第三条实践原则："作为意志与普遍的实践理性协调一致的至上条件，即作为普遍立法意志的每一个理性存在者的意志的理念。"即意志的自律。

康德在《实践理性批判》中是这样论述的："意志的自律是一切道德法则和符合这些法则的义务的唯一原则；与此相反，任性的一切他律不仅根本不建立任何责任，而且毋宁说与责任的原则和意志的道德性相悖……纯粹的理性且作为纯粹的而是实践的理性的这种自己立法却是积极意义上的自由。因此，道德法则所表达的，无非是纯粹实践理性的自律，亦即自由的自律，而这种自律本身是一切准则的形式条件，唯有在这一条件下它们才能够与最高的实践法则相一致。"

根据这个原则，一切与抑制自己的普遍立法不能够共存的准则都要被拒斥。也就是，意志不是仅仅服从法则，而是这样来服从法则，以至它也必须被视为是自己立法的，并正是因为这一点才被视为是服从法则的。也就是所谓的理性为自己立法。一个服从法则的意志可能借某种利益而受该法则的约束，而一个本身是至上的立法者的意志就此而言却不可能依赖于任何一种利益，因为这么一个依赖的意志就会本身还需要另一条法则，来把自爱的利益限制在对普遍法则有的条件之上。

从自己意志的这条准则出发去做一切事情，如同这意志可以同时把自己当作普遍立法的对象那样，因为只有这样，实践原则和意志所服从的命令才是无条件的，因为他们能够完全不以任何利益为基础。也就是说，按照自己的，但根据自然目的而普遍立法的意志来行动。道德性在于一切行动与立法的关系，通过这种关系，一个目的王国（自在的目的本身而实存的理性存在者的联合）才是可能的。不要按照任何别的准则去行动，除非它能够同时作为一条普遍法则而存在，所以只是这样去行动，这个意志能够通过其准则把自己同时看作普遍立法。意志自律也就是意志的自由。

康德关于其伦理学的基本法则之间的关系看法是："道德原则的三种方式，从根本上说只是同一法则的多个公式而已，其中任何一种自身都结合着其他两种。然而在它们之中毕竟有一种差别与其说是客观——实践上的，不如说是主观的，即为的是使理性的理念（按照某种类比）更接近直观，并由此更接近情感。"也就是所有的原则都具有这样的一些特点：一种立足于普遍的形式，于是道德命令的公式可表达为，必须这样来选择准则，就好像它们应当如同普遍的自然规律那样有效，而从这一点可以看出康德在《纯粹理性批判》里所做的基础性的工作；一种质料，即目的，就可以表达为有理性的存在者，作为其本性中的目的，从而作为自在的目的本身，必须对每个准则充当在一切仅仅相对的和任意的目的上的限制条件；所有出于自己的立法的准则，应当与一个可能的目的王国——就像与一个自然王国一样——协调一致。

　　"我们现在可以在我们开始出发的地方，即一个无条件的善良意志的概念里结束了。这个意志是绝对善的，它不可能是恶的，所以它的准则，如果被做成一条普遍法则，绝不可能与自身冲突。所以这样一个原则也就是它的至上法则：总要按照这样一条准则行动，它的普遍性你同时也能够永远不与自身相冲突的唯一条件，并且这样一个命令就是定言的。由于意志作为对可能行动的普遍法则的那种有效性，与作为一般自然形式的那种按照普遍规律（法则）的物的存有之普遍联结有类似之处，所以，定言命令也就可以这样来表达：你要按照能自身同时当作对于对象的普遍自然规律的那些准则去行动。"这些就是关于康德的伦理学的基本法则的基本的论述。

　　道德法则或说实践理性法则，是康德伦理学的关键部分，在康德的伦理学思想中占有重要的位置。正如康德在《道德形而上学奠基》的内容结构所表现的：从普通的道德理性知识过渡到哲学的道德理性知识，然后从通俗的道德哲学过渡到道德形而上学，最后是从道德形而上学过渡到纯粹实践理性批判。可看出康德的伦理学思想是其《纯粹理性批判》的继续和完成，理性在认识领域有自己的界限，在实践领域能够为自己立法。那么，康德是如何看待自己的伦理学思想的呢？"有两样东西，越是经常而持久地对它们进行反复思考，它们就越是使心灵充满常新而日益增长的惊叹和敬畏：我头上的星空和我心中的道德法则。"

　　当我们忙于外在物质追逐的同时，在不知不觉中将我们的内心放逐、流放，那么，回归的呼唤，才会使我们走向内心的平静。因此，康德认为，只有通过不断反思，才能获得内在的安宁。他说："我所经历过的一切都将被历史永远铭记！"这就是康德的哲学思想。只有摆脱一切烦

扰、烦恼和束缚之后才能获得真正的安宁；只有远离尘世
纷争的困扰，才会拥有一种超然脱俗的心境。

第四章

挣脱

拿得起，放得下

第四章 | 挣脱
拿得起，
放得下

一、一颗平常心

对于渴望得到的东西，我们要有平常心，尽量在没有压力、痛苦的情况下去追求，不执着于最终它究竟实现与否。比如说我想要一个水杯，有条件我就去买，如果没有条件，就不能老是去想它。该有的时候自然会有，想多了就会有压力。

等到有一天拥有的时候，我们同样要明白：它是无常的，不可能永远都是我的。如果我们对所拥有的东西贪心、非常执着，那就会给我们带来烦恼。 比如我们想要一件衣服，但是又舍不得穿，这就是贪；想要一条项链，但又舍不得戴，这就是执；想要一辆车子，却舍不得开回家，这是痴。所以在我们生活中，不要执着于自己所爱的东西。只要你觉得值得，就去追求它、得到它！不执着才是最重要的！不执着才是最快乐的。

但是不执着并不是说丢掉它、舍弃它，而是知道它的本体是无常的、总有一天会没有的，现在拥有的时候好好珍惜，未来有一天没有了也不遗憾。如果我们这样来对待所拥有的事物，那我们就会很舒服，遇到问题的时候也不会那么难受、不会有很大的压力。

因为生命里每一段时光都像一面镜子一样，可以看到自己内心的一切；同时，也能看清别人心里想什么、别人在做什么。所以，对于自己的执念，要学会放得下，不要太在意眼前，更要多想想长远。人生三苦：一是孤独的苦；二是分别的苦；三是生活的苦。人生三累：一是总有忙不完的累；二是总有说不出的累；三是总有没人懂的累。人生三恨: 一恨父母不孝, 二恨婚姻不顺, 三恨事业不顺。
人生三修炼: 看得透想得开, 拿得起放得下, 立得正行得直。
人生三福: 平安是福, 健康是福, 吃亏是福。人生三不争:
不与上级争锋, 不与同级争宠, 不与下级争功。人生三大
快事: 美酒, 挚友, 枕边书。人生三大憾事: 遇良友不交,
遇良机不握, 遇老师不学。人生三为: 和为贵, 善为本,
诚为先。我们常说, 一个人要拿得起, 放得下。而在付诸
行动时, "拿得起"容易, "放得下"却难。于情, 能否
放得下? 人世间最说不清道不明的就是一个情字。

　　凡是陷入感情纠葛的人, 往往会理智失控, 剪不断,
理还乱。这也就难怪古人说过一句话, 叫"放下屠刀立地
成佛"了。于欲, 可否放得下。欲者, 是否能放下? 若能
在情方面放得下, 可称是理智的"放"。

　　于财, 能否放得下。李白在《将进酒》诗中写道: "天
生我材必有用, 千金散尽还复来。"古往今来, 多少英雄
豪杰们为了追求功名富贵、权势地位, 或以生命换取荣华
富贵; 或是因缘际会得到奇珍异宝……然而这些所谓"名
利"并不是真正意义上的物质生活。如能在这方面放得下,

那可称是非常潇洒的"放"。

善为本，诚为先。于名，能否放得下。据专家分析，高智商、思维型的人，患心理障碍的比率相对较高。其主要原因在于他们一般都喜欢争强好胜，对名看得较重，有的甚至爱"名"如命，累得死去活来。倘然能对"名"放得下，就称得上是超脱的"放"。

于忧愁，能否放得下。现实生活中令人忧愁的事实在太多了，就像宋朝女词人李清照所说的："才下眉头，却上心头。"忧愁可说是妨害健康的"常见病，多发病"。狄更斯说："苦苦地去做根本就办不到的事情，会带来混乱和苦恼。"泰戈尔说："世界上的事情最好是一笑了之，不必用眼泪去冲洗。"如果能对忧愁放得下，那就可称是幸福的"放"，因为没有忧愁确是一种幸福。

拿不起、放不下，是每个人都会遇到的问题。大部分的人都是非常在意别人的看法，不必为今天之事疯狂，为昨日之事懊悔，为明日之事忧惧。但也有很多人会因为一些事情而失去自己想要的东西。在现实生活中，我们总是要面对各种各样的困难和挫折，有些人可能是因为自己的原因或者其他什么因素而放弃了自己想要得到的东西；有些人则是因为自己的不努力导致结果变得更坏。其实这些并不是最重要的，如何处理好这两者之间的关系才是重中之重。如果你觉得自己没有能力解决这个难题，那就要及时调整心态来对待这件事情。如果一个人无法克服自身的缺点的话，那么他就不会再继续进步，更不要说成为更好的人。所以当你发现自己不能承受这种压力时，一定要积极地去改变它。如果一个人太过于执着于过去或将来的事物的话，那么他会越来越痛苦，最终将影响到整个人生。因此，我们应该学会放下。

不管是男人还是女人，能够拿得起放得下的人有两种：一种是天生豁达的人，另一种是经历的磨难多的人，心已经被磨得无所谓了、豁达了，才成为放得下的人。放下，是一种智慧；放下包袱，才会拥有快乐；放下过去，才能得到现在。

当一个人突然知道自己想要得到什么，却无论怎样也没办法拥有它时，通常情况下自然会选择放弃。可是芸芸众生多少人，执迷不悟，对于自己想要的事物，总是付出巨大的代价去强求，可是得到了又发现它并不如自己期待中的那么好，满心失望，满身疮痍，又对自己当初的强求和偏执感到悔恨无比。学会放下，才有机会重新开始；学会放下，才能给生活带来新的生机；学会放下，才不会失去自我；学会放下，才能让生命变得更加精彩。

拿得起放得下，做起来其实没那么难，最难的是你要先说服自己的心。不要太苛求别人，更不要过分地要求自己。不要让自己成为一个没有能力承担责任的人。人生路上会遇到许多事情，有些事情不必过于在意，一些事无须太过计较。子曰："躬自厚而薄责于人，则远怨矣。"意思是说："多责备自己，少责备别人，那就可以避免别人的怨恨了。"简言之，就是严以律己，宽以待人。

但我们不能因为痛苦而抛弃曾经的一切，顺其自然最好。常常告诉别人要拿得起放得下，问题是发生在自己身上时就不管用了。其实，放下是解脱内疚和忧虑的行动之钥匙。生活中总会有很多不如意，如果我们总是对身边的人和事抱着抱怨态度，那么很快便会被这些负面情绪所侵

蚀。因此，我们需要一种积极乐观的心态去化解这种负面
情绪。

　　学会不过度忧虑，放下、放下、再放下，即使很难做
得到，仍不失为一条能够走向快乐的道路。犹豫只会让人
伤心，留下遗憾和悔恨，不管结局如何，我们都应该拿得
起放得下。生活不是一场游戏，没有人能轻易成功，更不
会在失败后就一蹶不振，只有经历了挫折才能成长。失去
的东西才会拥有，失去的过程才值得回味。

　　情是要遵守诺言、遵守原则的，得到幸福的同时，也
要承担痛苦，这就是责任，该拿起的必须拿起，该放下的
必须放下。尽管情感的纠缠不易厘清，但我们依然要面对、
要承受。坎坷的人生道路，事事多蹉跎、费思量。然而，
当你有能力时，不妨放手一搏。如果能做到坦然地面对风
雨，那么，一切问题都将迎刃而解。当然，心态好、心境
平和，事情总会顺利的。

　　古人云："宠辱不惊，闲看庭前花开花落；去留无意，
漫随天外云卷云舒。"其实，人生也不过如此，说来说去，

自己对自己生活状态的满意程度关键来自自己对生活的态度。所谓得过且过，顺其自然便是最好的选择。放下才能成功，放下才能豁达。人生若无得失，何必计较？凡事要学会放弃才会拥有幸福。

有人把人生分成三种境界：一、拿不起，放不下；二、拿得起，放不下；三、拿得起，放得下。第三种则是做人的最高境界。人生如若是拿得起放得下，何愁不乐！一个人在处世中，拿得起是一种勇气，放得下是一种肚量。

对于人生道路上的鲜花、掌声，有处世经验的人大都能等闲视之，屡经风雨的人更有自知之明。但对于坎坷与泥泞，能以平常之心视之，就非常不容易。大的挫折与大的灾难，能不为之所动，能坦然承受，这则是一种胸襟和肚量。当你站得高才能看得远；当你走得稳才能走得开。这就是一种气度和胸怀，这种气度和胸怀是成功路上最坚实的基石。人生要学会放下一些东西，不要太在乎一时得失，更不能过于执着于过去。有些事情并不值得去计较，只要努力地去做就行了。

有一种哲学叫"低头哲学"，它没有确切的方法论，也不是一味地让你把头低下，掩起尊严，它可以比喻为"虚心竹有低头叶"，也可理解成"脚踏实地，仰望星空"。

慢慢地，我们都会变老，从起点走向终点，自然而必然。成长的途中，匆匆忙忙，跌跌撞撞，奔波而又小心，劳累而又费心，一生，留下什么，又得到什么。细想，活着，就该尽力活好，别让自己活得太累。想开、看淡，放松，人不可太精，事不可太勤，不要累人、累己、累心。人生短暂，要学会珍惜每一份光阴。人生如茶，淡而香；茶过之后，再饮一杯。生命如旅程，一路风景，一路感悟，一路前行。

人生不过是一场旅行，你路过我，我路过你，然后各自向前，各自修行。在岁月中跋涉，每个人都有自己的故事，看淡心境才会秀丽，看开心情才会明媚。好好扮演自己的角色，做自己该做的事。生活不可能像你想象得那么好，但也不会像你想象得那么糟。人的脆弱和坚强都超乎自己的想象。有时，可能脆弱得一句话就泪流满面；有时，也发现自己咬着牙走了很长的路。走过那些崎岖坎坷、风雨坎坷后，我们才能成长为一个真正意义上的成人。一路走来，总有一些东西需要沉淀，有些事情需要放下，有些情感需要珍惜。人生没有彩排，只有现场直播。

每段路都是一种领悟。人的一生，注定要经历很多。一段路上，朗朗的笑声；一段路上，委屈的泪水；一段路上，懵懂的坚持；一段路上，茫然的取舍；一段路上，成功的自信；一段路上，失败的警醒……每一段经历注定珍贵，它必将令你忆起智慧，生命的丰盈在于心的慈悲，生活的美好缘于一颗平常心。不必雕琢，踏踏实实做事，简简单单做人。有的人本来幸福着，却看起来很烦恼；有的人本来该烦恼，却看起来很幸福。

拿得起，放得下才是完美的人生。谁不想拿得起，放得下，把人生走得愉愉快快，把生活过得轻轻松松。拿得起，就要抗得住，放得下就须看得开，这，既是能力，也是智慧，谁不愿，谁不想。只是，生活中，拿得起放得下之人，能有多少；不然，为何有，那么多的苦，那么多的痛。我们不求，拿得起放得下，只求，看开、看淡，就已经很好、很美。

二、无争无忧

　　肯低头，就永远不会撞门；肯让步，就永远不会退步。求缺的人，才有满足感；惜福的人，才有幸福感。生活的滋味，酸甜苦辣咸；人生的色彩，赤橙黄绿青蓝紫。打垮自己的，不是别人，而是你自己。不要把一次的失败看成人生的终审，世上没有一帆风顺的事，只有坚强不倒的信心与毅力。逃是懦弱的，避是消极的，退就显得更加无能。成功的道路得靠自己闯，心在哪里，路就在哪里！不要太看重他人对自己的看法和评价。要学会倾听别人的话，并从中获得一些启示。要知道，每个人都有自己独特的想法。人活着，不能太在意别人的看法。在乎别人的看法，等于失去自己。没有一个人能左右命运。有一种爱叫放手，有一种恨叫作执着。放弃是最好的抉择。

　　生活中无需过分依赖别人。无论你说话多么谨慎，总有人歪曲你的意思，不需要解释。在这个世上不要过分依赖任何人，因为即使是你的影子都会在某些时候离开你。人生最糟的不是失去爱的人，而是因为太爱一个人而失去了自己。有些事，挺一挺，就过去了；有些人，狠一狠，就忘记了；有些苦，笑一笑，就冰释了；有颗心，伤一伤，就坚强了；有些痛，忍一忍，就忘了；有些情，断送在一念之间；有些梦，醒一回，就明白了；有些路，走一段，就习惯了；有些话，说出来，就不再想了；有些事，做起来，就觉得轻松了；有些朋友，淡一些，就淡忘了；有些心情，藏着，就不想去回忆了；有些执念，放下后，就不会再怀念了；有些东西，拥有后，就不再珍惜了。生活中，不要太执着于一件事；要学会放弃与宽容，才能更好地活着。

用积极的态度面对人生。如果，你感到此时的自己很辛苦，那就告诉自己：容易走的都是下坡路。坚持住，因为你正在走上坡路，走过去，你就一定会有进步。如果，你正在埋怨命运不眷顾，开导自己：命，是失败者的借口；运，是成功者的谦词。命运从来都是掌握在自己的手中，埋怨只是一种懦弱的表现；努力，才是人生的态度。生活中没有过不去的坎，只有放不下的心。学会放下与宽容。把所有的事情看得很淡，一切随缘，顺其自然。把得失看轻一些，一切随心；把得失看得更轻一些，一切淡然。

用简单的心态面对人生。时光老了，人心淡了；计较少了，快乐多了；压力少了，轻松多了；抱怨少了，舒心多了；自卑少了，自信多了；攀比少了，自在多了；复杂少了，简单多了。心里放不下，自然成了负担，负担越多，人生越不快乐。计较的心如同口袋，宽容的心犹如漏斗。复杂的心爱计较，简单的心易快乐。

有人说："人生在世，既要拿得起，更要放得下。拿得起不易，放得下更难。"难就难在要拥有一颗坦然面对一切的心，不以物喜，不以己悲，以豁达的心态面对生活。

放下，你才是赢家；放下，你才算智者。生活在大千世界，人们最难做到的就是放下，最大的选择就是拿得起，放得下，只有这样，才能活得轻松。减少了欲望与贪婪，人生才会得以安然。要知道人的欲望无止境，在纷繁复杂的现实生活中，人活着需要的是一种心态，那就是知足，更需要一种状态，那就是常乐！

许多的事情，只有拿得起，放得下，常怀怜悯之心，常怀感恩之情，做到心胸宽广，即使生活简朴，也能苦中求乐，懂得知足，那么就一定会过得简单幸福。身处繁华尘世，没有人敢说自己一尘不染。行于大千世界，知足常乐，这并非一句妄言，而是无数先辈们通过实际经历，总结得出的经验。

　　拿得起，放得下，也是人们生存与社会多年来为人处世最可贵的真谛名言。正所谓："拿得起是一种勇气，放得下是一种肚量。"拿得起，放得下，说起来简单，可做起来却并非易事，它是一种人生最优质的生活态度。

　　人活着，想要痛痛快快地活，就要凡事懂得知足常乐。只有收放自如，才能在五味杂陈的尘世里，宠辱不惊，泰然居之。人生不过百年，从容达观一些，就会轻松自在一些；豁达随意一些，烦恼就会少一些。正所谓："人之所以烦恼，在于计较。人之所以幸福，在于知足。生活没有十全十美，简单就好。很多事没有太多的道理，顺其自然就好。"

　　放下，就是卸掉沉重的包袱，舍去不愉快的曾经，告别过去这样或那样的不愉快，重新开始轻装上阵，净心而行。纵然过去再美好，纵使昨天再苦恼，也是昨日的事情；对于未来而言，一切都是曾经。

　　而明天，也许还有风和雨，还有坎坷泥泞，但只要跨过这道坎，很快就会是艳阳高照，风平浪静。只有拿得起，放得下，坦然跟往事告别，下一程或许就是别样的风景。

　　人在旅途，无论处顺境或逆境，都要学会冷暖自知，随遇而安。只有拿得起，放得下，才是人生的赢家。

三、明晓其理

　　在生活中，我们总是需要有竞争感。因为我们身处在一个充满竞争的世界当中。若是争，那么我们或许会为了一样事物踏破了铁鞋，也会为了它想昏了脑袋，更会为了它挤破了脑门。若是不争，我们就无法在这个瞬息万变的社会当中生存下去，优胜劣汰，适者生存，我们都害怕自己是那个被淘汰的。可是在这纷纷扰扰的竞争当中，我们总是逐渐忘却了自我，忘却了本心，忘记了最初的自己。于是也有人说，我就是与世无争的一个人，不跟任何人竞争，我有着自己的步调，要按照自己的步调来走自己的人生，争不过就争不过，人活一世，过得舒服才是最重要的。

争与不争，其中关切着价值的衡量和判断，实质上则是关于经济的一个认识。尽管经济哲学迄今为止还是一门不成熟的科学，还没有形成任何一种系统深入的理论体系，但这绝不意味着在人类思想史上没有产生过对人类经济生活的种种终极性问题的洞见或说经济哲学思想。那么，纵观人类思想史，从古到今已经形成了不少具有特色的经济哲学思想。在西方思想史中尤其如此。如古希腊的色诺芬、柏拉图、亚里士多德，近代的洛克、休谟、亚当·斯密、穆勒，现代的凡勃伦、庇古、哈耶克等，在经济哲学思想史上有着重要的贡献。

在古希腊，第一位需要介绍其经济哲学思想的是色诺芬（Xenophon，公元前 427—前 355），著有《经济论》《雅典的收入》《居鲁士的教育》《回忆苏格拉底》等。他的经济哲学思想生动具体，寓意深刻，开创了西方古代经济哲学思想的源头，具有重要的历史地位。色诺芬在其《经济论》的著作中讨论了什么是财产、财富。他认为，财产、财富是一个人所拥有的一切有用的东西，或者说，是一个人能够从中得到益处的东西。色诺芬讨论财富是在财产管理的框架内进行的，尤其是在家庭财产管理或家政管理方面。

在他看来，财产管理的目的是不断增加财富，而不断增加财富的重要途径是分工。他对分工的分析，既包含了经济学的维度，也包含了哲学的维度。另外，色诺芬还阐明了他对农业的独到见解，从个人的角度说，一个高尚的个人所能选择的"最好的职业和最好的学问就是人们从中取得生活必需品的农业"；对国家来说，应该最大限度地重视农业，"因为它可以锻炼出最好的公民和最忠实于社会的人"。同为苏格拉底的学生，柏拉图的思想不仅包含了极其丰富、深刻、生动的普遍辩证法，而且包含了极其丰富、深刻、生动的经济哲学思想，其核心是从人性出发说明经济社会分工、财富共有和公平分配的合理性。着重探讨了对正义的定义，"国家的正义在于三种人在国家里各做各的事……我们每个人如果自身内的各种品质在自身内各起各的作用，那他就是正义的，即也是做他本分的事情的"。"木匠做木匠的事，鞋匠做鞋匠的事，其他的人也都这样，各起各的天然作用，不起别人的作用，这种正确的分工乃是正义的影子——这也的确正是它之所以可用的原因所在。"这就是柏拉图的正义观，即各司其职、各守其德、各安其分。作为古希腊哲学的集大成者的亚里士多德的经济哲学思想主要表现在奴隶制天然公正论、私有制度有益说和致富方式正当论等内容。同样的，亚里士多德的经济哲学思想的重要内容也是对正义的探讨。"正义（法意）对人身有关系；正义的（合法的）分配是以应该付出恰当价值的事物授予相应收受的人。""简言之，正义包含两个因素——事物和应该接受事物的人；大家认为相等的人就该配给到相等的事物。"也就说亚里士多德的正义观是，每个人得到他该得到的东西就是正义。与柏拉图的经济正义不同的是，在柏拉图那里，正义是一个人、一个城邦所达到的最高目的，而在亚里士多德这里，正义是手段，是指导人们行为和治理城邦的最高准则，而一个人、一个城邦的最高目的是至善即幸福。

近代，洛克在西方哲学史上是著名的经验论哲学家，而事实上洛克在经济学史上也有一定的地位，特别是他的劳动创造价值的学说。他的《政府论》不仅是近代政治哲学发展的重要篇章，而且包含了许多经济哲学思想，其中最重要的就是劳动创造私有财产理论。洛克从自然法则和上帝启示的两个角度来论证其理论。洛克认为，劳动是上帝赋予人类的能力，甚至是上帝对人类的命令，而且人类所固有的匮乏处境也需要从事劳动来解决。

一个人的"劳动在万物之母的自然所已完成的作业上面加上一些东西，这样它们就成为他的私有的权利了"。只是由于劳动，才使一切东西具有不同的价值。在休谟那里，财产的正义主要不是一个事实问题，而是一个观念问题。他的分析是从人类的族类能力和每一个体能力的天生不足开始的。休谟的经济哲学思想主要有财产正义与技艺促进自由两个方面。"在社会状态中，人类的欲望虽然时刻在增多，可是他的才能却也更加增长，他在各个方面都比他在野蛮和孤立状态中所能达到的境地更加满意、更加幸福。"休谟是从人性和财富两个维度探讨正义的起源，并且对一般共同利益的感觉作为协议的基础，因而触及了正义的客观根据，但在根本上，他更强调正义是一种观念、一种判断。另外，休谟从正反两个方面的事实指出了技艺的进步对自由的进步具有极为重要的推动作用。亚当·斯密被称为西方经济学的鼻祖，第一次把经济学作为一门独立的科学来探讨，创立了一个完整的经济学体系。在他的经济学和伦理学体系中，也包含了丰富深刻的经济哲学思想，主要有经济分工、人性利己与社会利益、经济自由三个方面的理论。亚当·斯密认为，国民财富即各种生活必需品和便利品，或所有商品，都是劳动创造出来的，而劳动生产力的最大增进是分工的结果。并指出，分工从根源上不是人类智慧的结果，而是在人类需要互通有无、物物交换、互相交易的倾向。"我们每天所需的食物和饮料，不是出自屠户、酿酒家或面包师的恩惠，而是出于他们自利的打算。我们不说唤起他们利他心的话，而说唤起他们利己心的话。我们不说自己有需要，而说对他们有利。"在人性利己与社会利益方面，也就是"人性利己"与"看不见的手"之间的关系。"确实，他通常既不打算促进公共的利益，也不知道他自己是在什么程度促进那种利益。"

由于宁愿投资支持国内产业而不支持国外产业，他只是盘算自己的安全；由于他管理产业的方式目的在于使其生产物的价值能达到最大限度，他所盘算的也只是他自己的利益。在这场合，像在其他许多场合一样，他受着一只"看不见的手"的指导，去尽力达到一个并非他本意想要达到的目的。也并不因为事非出于本意，就对社会有害。他追求自己的利益，往往使他能比在真正出于本意的情况下更能有效地促进社会的利益。斯密整个经济学的灵魂实质是经济自由，提出了经济活动者人人都必定会实现自己的最大利益，并且能够在自发的活动中无意识地实现社会的最大利益，已经在实质上洞见到了市场经济的自有本质。"个人的利害关系与情欲，自然会引导人们把社会资本投在通常最有利于社会的用途。但若由于这种自然的倾向，他们把过多资本投在此等用途，那么这些用途利润的降落，和其他各用途利润的提高，立即使他们改变这错误的分配。"

约翰·穆勒在经济哲学方面，提出了一些重要的经济哲学思想，主要是在财富创造和分配、公有制与私有制、经济进步与人类幸福等方面。

在现代，美国著名经济学家、制度经济学派的创始人索尔斯坦·凡勃伦，他对经济制度的分析，不仅包含了具体丰富的经济学思想，而且包含了丰富的经济哲学思想，其核心是从人性的角度分析有闲阶级制度和企业制度。而英国著名经济学家庇古，则开创了福利经济学，其中他对经济福利的人学阐释体现了其经济哲学思想。

在庇古经济学中，国民收入的分配越向穷人倾斜，所产生的满足的总量就越大，经济福利的总量就越大。也就是说，转移富人的货币或财富给穷人，会使整个社会的满足量增大，因而会使整个社会的经济福利增大。另外，庇古强调的是长远经济福利而反对近视短期的经济行为。具有研究领域广阔和学术维度深邃特点的哈耶克，他的经济哲学思想主要存在于自生经济秩序与经济自由的理论之中。哈耶克认为，自生经济秩序的产生是一个复杂的历史过程，是在人类对自己的某些本能的禁止中逐渐形成的。

也正是从自生经济秩序的观点出发，哈耶克提出了他对经济生活的自由、正义和平等的看法。在实质上，哈耶克主张"经济自由高于、先于经济平等，任何经济平等都应有助于经济自由，而不是有损于经济自由。正因为在市场自生秩序中经济自由是绝对的，所以这种秩序必然产生不平等"。在简要地回顾西方思想史中的经济哲学思想后，我们对经济哲学的概念就有了初步的认识。

四、如何拿起

"自 20 世纪 80 年代开始，经济哲学的提法频繁出现于我国的哲学和经济学文献中，往后，逐渐形成研究热潮，可资证明的材料是为数众多的以经济哲学为言说对象的论文、专著和教科书。"经济哲学究竟是什么？这是开展经济哲学研究的基本问题。没有对经济哲学的严格界说，就无法思考和确断经济哲学研究的问题阈和具体内容，就无法去探究经济哲学研究的技术路径，自然，也就无法真正开展经济哲学研究。

关于经济哲学的理解，比较有代表性的有下面几种：一种观点认为，经济哲学是从哲学的特殊视角出发研究经济活动和经济关系，其着眼点是哲学，落脚点则是经济学。因此，经济哲学是经济学的一个分支，属于经济学的元学科。作为经济学的分支学科，元经济学的研究对象不应是经济活动和经济关系；否则，就难以将经济学与以经济学本身为研究对象的元经济学严格区别开来。元科学研究或许带有某种哲学的意味，但它与真正的哲学研究并不是等同的。如果以为从哲学的视角来审视经济学就是关于经济学的元科学研究，那就等于抹杀了元科学研究与哲学研究的根本区别，从根本上取消了哲学的独立学科地位。而且，将经济哲学归于经济学，必然造成学科划分上的混乱。有研究者认为，经济哲学是一门交叉学科，它是经济学和哲学两个学科有机联盟、内在结合、相互渗透的结果。

现代科学发展的重要标志之一，一方面在于分门别类的研究越来越细，建立起门类繁多的专门学科；另一方面，各门具体科学又在不断交叉、综合，显示出综合化和定量化发展趋势，建立起各种各样的边缘学科、横断学科和综合学科。许多研究者认为，经济哲学是将哲学理论运用于经济现象或经济学理论分析，其着眼点是经济，落脚点则是哲学，因而属于应用哲学的一个分支。经济哲学是什么，从根本上说，这是由哲学思维的根本特性所决定的。"哲学把握世界的方式是整体性的、根本性的。同样，哲学对人类经济世界的批判反思，也主要是力图揭示隐藏在现实经济活动以及经济理论背后的基础假定、背景预设或前提条件，并质疑和考问它们的合理性根据以及作出其他选择的可能性。"

经济哲学究竟属于什么学科，是经济哲学研究必须首先弄清的前提性问题，只有合理地解决这一前提性问题，才能够进一步确定经济哲学的研究对象和需要研究的问题。首先，从概念的字面意思上看，经济哲学就是关于经济的哲学。关于经济的哲学，就是对经济活动的哲学思考，进一步说，就是对经济活动中存在的那些终极事实的哲学思考。这种字面意思符合人们的思维和语言表达习惯，正如哲学史上已经成熟的政治哲学是关于政治的哲学、历史哲学是关于历史的哲学、精神哲学是关于精神的哲学、自然哲学是关于自然的哲学一样。从概念构成和概念结合的意义上来说，经济哲学由经济和哲学两个概念构成，二者相结合在概念意义上的结果是哲学，而不是经济学。

从概念所限定的范围上看，经济哲学所限定的是关于经济活动的终极问题的哲学思考，而不是关于整个世界的终极问题的思考。所谓的部门哲学，就是对世界的某一领域、某一部门的哲学问题的哲学思考。从哲学发展的历史来看，哲学史形成的成熟部门有自然哲学、精神哲学、政治哲学、历史哲学等，而是经济哲学似乎还远未达到成熟的阶段。由对经济哲学的概念分析可以初步获得经济哲学的学科性质，"即经济哲学是一门部门哲学。作为部门哲学，它是一种哲学，处于哲学的研究范围之内，而不是一种与哲学相对的具体科学，不会处于具体科学的研究范围之内，因而自然也不处于经济学的研究范围之内"。由此可以确定经济哲学作为部门哲学的三个主要方面内容：经济领域中所包含的整个世界的普遍性；一切历时性和共时性经济活动所共有并且只有哲学才能给予最后回答的终极关系，比如，人类与自然的经济关系、经济必然与经济自由的关系、经济正义、经济效率等；经济活动在人类存在发展的一般规律中的地位。

在西方思想史上，正义问题既是一个经济学问题，更是一个政治哲学问题。总的看来，西方思想家们的探讨可以分为理性正义论和感性正义论两条线索。在古希腊的柏拉图已经对正义进行了富有启发的探讨，开辟了西方探讨正义的理性阐释之路。他的正义观在前面也提到了，即各司其职、各守其德和各安其分，也就是理性对生活的支配。近代的康德，认为理性是人类的真正存在，正义与善良意志是同一的，在他那里，正义是以理性的绝对命令指导人们的社会生活。现代的罗尔斯，提出了平等的自由和不平等的条件的两大正义原则，建立了系统具体深刻的正义理论，同样是将理性作为理解正义的根本。

从近代功利主义开始，把正义看作是实现最大多数人的最大快乐，或减少最大多数人的最大痛苦。现代的福利经济学则进一步发展了功利主义的正义论，如庇古提出经济或经济学所要解决的一个关键问题就是在分配上带来最大的效用或福利，其中的一个重要途径就是把社会所创造的财富以及富人的财富尽可能多地分配给大多数穷人，这样会产生整个社会的最大快乐，因为富人已经有很多财富，再分配给他们更多的财富不会增加多少欢乐。"只要人类存在，无论对自然、对社会，还是对自身，都有是选择正义还是选择非正义的问题，即都有是否理性与社会负责地对待自然、社会、自身即理性与社会负责地去行动的问题。

而只有不断选择正义，人类才能不断向前发展，才能实现人类之为人类的本质和意义。当柏拉图、康德提出正义是理性对非理性的统治、是社会的特征时，亚里士多德、马克思提出了人在本质上是社会存在者，人的存在是超越自然的存在、是实践性的存在时，当罗尔斯提出正义是社会合作体系的根本时，他们深入了正义的三个本质特征（理性、社会和行动），是极其深刻的理论洞见。"论述了正义的三个特征，即理性、社会和行动，是与经济活动紧密相连的。

经济活动是人类生活的根本维度。经济活动包含着与经济活动相关的各种规律和规则，因而同样存在着对这些规律和规则的理性把握和行动选择以及相反的情况，即存在着正义与非正义的问题。经济活动的正义，是人类对经济活动所相关的各种规律和规则的理性把握和选择。人类经济活动所相关的那些最主要的规律和规则，是人类作为理性存在者和社会存在者而进行经济活动所相关的各种规律和规则。

人类作为理性存在者，是具有自我意识、自我人格的存在者，因此，人格尊严的平等，是人类理性存在的一个根本要求，是人之为人、人类之为人类的一个根本的前提条件。而经济活动作为人类最基本的活动，同样必须贯穿理性的要求，即经济活动中人们之间的人格尊严必须是平等的。这是经济活动的一个源头正义所在。也就是说，在经济活动中只有当人们把不同种类工作之间的差别，特别是管理者与非管理者之间的差别，作为分工的差别来对待时，才在理性存在者的维度上是正义的；相反，把这样的差别作为人格尊严的不平等来对待时，就在理性存在者的维度上是非正义的。人类作为社会存在者，只有结合在一起才能构成社会，也只有所有社会成员的共同活动，才有社会的发展，因此，每一个社会成员作为一份子在资格上是平等的，这是人作为社会存在者的一个根本要求或根本的规则，而经济活动同样是社会性质的活动，人们在经济活动中作为经济社会成员的资格同样是平等的。这是经济活动的另一个源头正义所在。也就是说，只有保持社会成员资格平等的经济活动，在社会成员维度上才是正义的；反之，造成社会成员资格不平等的经济活动，则是非正义的。人类经济活动所涉及的对各种物的使用只有合于人作

为理性存在者和社会存在者的本质，即以对各种物的各种
规律和规则的理性把握为基础，同时理性和社会负责地使
用，而不是违反各种物的各种规律和规则而行之，才是正
义经济活动。

　　"经济活动这种正义可以从起点的正义、过程的正义、
终点的正义三个环节来分析。"人们在进行经济活动之前
已经历史形成的条件是正义的，即这些条件至少已经是对
经济活动所相关的各种基本规律和规则的正确选择，特别
是对人类作为理性存在者和社会存在者所相关的各种规律
和规则的正确选择。这包括对自然资源的使用权和所有权，
以及不同的经济活动者的资格平等的规则。同时，如果建
立起经济活动的规则或惯例，那么它们对所有经济活动者
都是平等的。经济活动中人们对物的使用、创造过程的正
义和经济活动所涉及的人们间的活动过程的正义，即所谓
经济活动的过程的正义。人们对物的使用和创造过程中，
无论是在对自然之物使用和创造过程中，还是在对人工之
物的使用和创造过程中，不仅各种物都有其自身的规律和
规则，不仅每一种物所处于其中的所有物的整体都有各自

的规律和规则，而且每一种经济活动的整体，包括经济活动者、所使用的物以及对之进行创造的物在内的整体，也有其整体的规律。涉及了经济活动者之间的活动正义和经济活动者与非经济活动者之间的经济互换活动的正义。经济活动的结果是特定财富的形成，而财富的分配是在全体社会成员之间的分配，分配也存在着一定的规则。经济活动的落脚点是消费。同样的存在着正义与非正义的区别，可以看作消费方式的合理与否的问题。

人类生存发展的需要规定了人类的经济活动必须取得持续的成功，而能否实现这一点，且在多大程度上实现这一点，取决于人们是否和在多大程度上把握经济活动所涉及的各种规律和规则，取决于人们是否和在多大程度上理性地践履和选择经济活动的正义。只有在健康良好的经济生活秩序下，经济才能取得不断的发展。而所谓的健康经济秩序，说到底是经济秩序实现了正义或以正义作为经济活动的普遍尺度。

五、放心放下

经由经济哲学思想史的简要的回顾，从而能够对经济哲学学科的内涵达到一种整体的感知，进而获得一种对经济活动的哲学视域。那么，针对经济活动的正义概念和内涵进行辨析，同时也能够对经济活动的正义进行一个较为全面的认知。

经济正义的诉求正是人类对经济活动和经济生活的自觉和努力。所谓经济正义，简单说来指的是经济领域中的正义问题，是对经济行为和经济活动所进行的正义与否的价值评价，是对经济生活世界的正义追问，它构成社会正义的重要内容和主要形式。经济正义旨在对经济生活的正义观照，根本性地越出将经济狭隘地视为追求财富的片面观念，把人类的经济生活置放到生活世界的价值平台并对之加以哲学的考量和意义的审视，确保经济活动以人的自由之本质为终极旨归所做的努力。由于正义是人特有的对自身存在方式和存在意义所进行的哲学反思，本质地关涉着合目的性和合理性的价值维度，因而，经济正义不仅包含着"经济"的原则，更内蕴着正义的尺度。

　　"经济正义通过对经济生活领域的正义查审，对经济活动中经济行为的正义审视，旨在对经济生活世界提供正义的价值原则和意义担保，它最关本质地牵连到经济的目的和手段的统一、效率和公正的统一、自然和人类的统一、当代人和后来人的利益统一，由此追问我们在经济生活中经济什么、如何经济、为谁经济等至关本质的问题。"经济活动的正义针对的是经济行为主体在从事经济活动时其行为是否正义的评价问题，把正义的价值观和正义的社会制度、体制作为自己的依据和原则，在具体的经济活动中，通常根据正义的道德标准和社会的经济、政治和法律制度对其加以规范和约束。

　　经济正义是正义的价值理念在经济领域中的渗透，并外化为现实的制度规范和体制原则，牵引和约束经济行为及经济活动，使之趋于正义与善。它规导着经济活动中利益和意义、经济和道德、手段和目的的内在统一，以确保人之为人的存在之真理。正如真理是思想体系的首要价值一样，经济正义是经济生活的首要美德，它旨在超越冰冷的利己主义和狭隘的经济观，将经济生活置放到"类生命"

的视阈中加以度量和审视，关心人类的疾苦，关怀人类绝大多数人的生存状况，注重人的全面发展和人性自由，诉求一个充满价值约束和意义关怀的经济生活世界。

经济的终极目的不在于为了经济而经济，而在于完善和丰富人性内涵，充分展露人的自由自觉的类本质，使人拥有人的世界、人的社会关系和人自己。经济正义的根据在于人，一切有关经济正义的问题都应该到对人的存在方式中去寻找问题的答案。

心有偏执，苦于取舍，忧于得失，是陷入了自我的困扰。明晓其中理法，保持一颗平常心，无争故能无忧。拿得起，放得下，才能挣脱内心的羁绊。

第五章

内心
心浮气躁，还是心平气和

第五章

内心
心浮气躁，
还是心平气和

一、心生喜乐

生活不是战场。没有必要去竞争。人与人之间，多理解，少误会；心与心之间，多宽容，少争执。不要用自己的眼光和认知去评判一个人、一件事的对错。不要要求别人的意见和你的一样，不要指望别人完全理解你。每个人都有自己的个性和观点。有些人喜欢批评和指责别人，认为他很笨，甚至瞧不起他。但是如果仔细想一想，这些话并不能代表所有人，而是其中一小部分而已。所以要学会尊重他人的见解，这样才能够避免不必要的争论。很多时候，人们总是把自己看得很重，以致忽略了身边的朋友、家人、同事等其他重要人物的感受和想法。

人们往往过于看重自己而不去担心得失，觉得别人必须了解自己。其实，人要看轻自己，少一些自我，多一些换位，才能心生快乐。所谓心有多大，快乐就有多少；宽容越多，收获越多。不要在背后谈论别人，不要在意别人说什么。没有人一出生就是王者，都是一步一步成长起来的。世上没有不被评论的东西，也没有不被评论的人。关键看你如何评价一个人。学会倾听，因为当一个人听不到或者不愿听时，说明这个人太浮躁。

我们不能控制别人的嘴，但我们可以抱着一颗冷漠的心去看待所有的烦恼。只有心平气和，才能听到万物的声音；只有心平气和，才能看到万物的本质。生活中最重要的事就是包容与体谅，这不仅包括物质上的给予，更多的时候还应该包含精神层面的关怀和体贴。用平常心对待每一份感情，把心交给对方。

放下心来看着形势的变化。要和人相处，需要讲究方式方法。有些事情需要宽容，而不是愤怒；有些人需要忍让，而不是调查。口舌上的一些损失是无害的。让他得三分又怎么样。每个人都需要被尊重，每个人都想被理解。水深无声，人却沉稳。学会淡下性子，学会在不满面前忍气吞声。凡事能忍则忍，能退一步就退一步；遇事先做人，再做事；凡事量入为出，切忌斤斤计较；凡事从小事做起，就是小事一桩。

事事不能太精，太精无路；待人不能太苛，太苛无友。懂得退让，才能显大气；懂得包容，才能显气度。己之短，不可藏，越藏越短；己之长，不可扬，越扬越少。当你满足的时候不要炫耀，当你沮丧的时候不要气馁。花不是百日红，人不是千日好，三分靠运气，七分靠自己，努力是好事，尽力而为，结果不是最终目的，过程的体验，才是最真实的感受。

凡事不求完美，只求全心全意；凡事不求完美，只求最好。努力就是一种幸福。只要你肯付出，就会得到回报！努力就是一个机会！要学会珍惜，因为它让你更强大，也让你更加坚强。有些事情，努力了才知道结果，努力才知道自己的潜力。

"花灯淡雅，水淡故真，人淡故纯。"人们需要淡淡的、持久的香味。没有竞争，没有奉承，没有华而不实，没有庸俗。淡中真滋味，淡中有真香。心若无恙，能奈我何；如果人们不爱，你怎么能伤害。痛苦来自比较，忧虑来自内心。生活就像一杯白开水，不能喝得太苦；生活就如同一壶老酒，只能饮出醇美与回味；人生就是一场游戏，只有输和赢。

冷静，所以不受伤；冷静，所以不生气。欲望是壶里的开水，人心是杯里的茶，水是因为火的热度而沸腾的，心是因为杯体的清凉而不惊的。当欲望遇上寒冷，沉淀在心里，便不烦，不恼。如果没有了愤怒和怨恨，就不会有痛苦和烦恼，也不会有悲伤和快乐，因为这都是一种本能。我们要学会控制自己的欲望，不要让它影响到别人。理智是一种智慧，但这种智慧不是盲目的行为，而是经过深思熟虑后才做出来的，否则就是无智之举。只有理智才能把问题想清楚，处理好。理智是人类最宝贵的财富。当一个人失去理智的时候，他可能会做出一些令人意想不到的事：比如拿起酒瓶打人、骂人等，但是，如果我们能克制住内心的冲动，那么这些事情对自己来说反而是一件好事！如果一个人能保持理性，冷静处事的话，他一定会活得更自在、更健康！

不要嘲笑别人的努力，不要轻视别人的成就。每个人的价值是不同的，没有必要轻视任何人。你眼中无用的价值也许不是真的无用。不是一个人，不是一件事。即使是再渺小的人，再不起眼的人，他的存在也是有着你难以想象的价值的。就比方说一个在公司上班的白领和一个拾荒多年的老人。白领衣着光鲜亮丽，薪资丰厚，住在高级公寓里，生活优越，不论是吃穿用度还是思想观念总是最时尚最潮流的；而拾荒老人衣着简陋而朴素，靠着养老金度日和拾荒换来的钱过日子，生活拮据，租在粗糙的老房子里，每一笔账都要算得清清楚楚，逢年过节也不和家人亲戚聚会。乍一看好像天差地别，实际上谁能想到，在老人去世后，他的子女整理遗物，竟然翻出来一笔又一笔的教育捐款记录！原来这位老人，竟是曾在知名大学教书的老

教授，退休后，他就和子女亲人断了联系，一直以假名为
教育事业默默捐款，他拾荒得来的每一笔钱，都贡献给了
伟大的教育事业。

　　所以我们应当用谦卑的心去看身边的人；用尊重的心
去看身边的事。其他人总是有你看不到的优势和你没发现
的价值。你不需要评论别人的努力。世界上没有完美的人。
只有充分发挥自己的优势，取长补短，才能更好地完善自己。

　　对与错，迷茫，不见，不听，不想，你可以拥有一颗
安静的心。有时候，担心不是因为别人伤害了你，而是因
为你太在意。有些事不必计较，经历过就好；有些话不必
解释，相处久了也能明白；有些情无需珍惜，相爱相杀才
不会后悔。

　　有些事不需要考虑，时间会证明一切；有些人不需要
看，道不同不相为谋。世间事，世人渡；人间理，人自悟。
面对伤害，微笑是开放的；面对虐待，忽视是非凡的。生
命里有很多无奈与痛苦，我们要学会坦然接受。当你拥有
了一个完美的自己，就能在这个世界上找到最美好、最快

乐的东西。人生没有彩排，每天都要现场直播。生活中，每个人都有自己的角色和位置，不要因为别人的评价而影响你对未来的看法，也不要因为别人的意见而乱了方寸。如果有人说你的工作做得不好，那么他就是个骗子！如果你认为自己的事业发展顺利，那是因为你的能力得到提升，这并不是一种进步。如果你觉得自己的人生道路走不通，那是因为你还不够成熟，还没学会去欣赏风景。人生最大的悲哀莫过于得不到所期望的幸福，失去后才知道珍惜。人活着，不能只满足于现状，更要不断地超越自己，才能享受更多的精彩。只有这样，才能真正体会到"知足常乐"的含义。人的一生，应该让每一次挫折都成为财富。人的命运往往掌握在他人手中，所以我们必须学会从错误中学习经验，从失败中总结教训。

　　黄宗羲在《明儒学案》中记王阳明一事，大有味道："一友与人讼，来问是非，阳明曰：'待汝数日后，心平气和，当为汝说。'后数日，其人曰：'弟子此时心平气和，愿赐教。'阳明曰：'既是心平气和了，又教什么？'"人一旦到心平气和，何事看不开，何事丢不下。可偏偏"怒从心头起""人争一口气"，最握不住的是这颗心，最按不下的是这口气。其实，心要放平，气要和顺，不平不和，都是和自己过不去，何苦啊。

人生是点点滴滴的积累，心平气和做人，顺其自然做事，不埋怨，不羡慕，阳光下灿烂，风雨中奔跑，做自己的梦，走自己的路，不关乎他人的说法。

我们会遇到很多让人不能心平气和的事，挑战我们的底线，激怒我们。中午时突然下起暴雨，出门没有带雨伞，害得回到家浑身湿透；路上堵车，最前面不知道是什么情况，车子被迫停在原地许久，害得上班迟到被罚了工资；辛辛苦苦查了数月的资料，咬文嚼字写出来的文章，还未正式发表出版就看到已经有人抢先一步将自己要表达的东西讲得清清楚楚明明白白……种种事件，要追究起来似乎无法追究到具体的个人，可我们也对天气、路况和市场这些看不见摸不着的东西无可奈何，因为我们无法凭自身个人的能量去强行操控它们顺着自己的意。此时此刻我们唯一能做的，只有心平气和。"心平气和"，说起来似乎很容易，却不是一个容易做到的事情。只有"心平"，才能"气和"。"心平气和"是一种心态，是一种境界，是一种宽容，是一种修养。

"心平"是指内心的平静，无非分之欲望，拥有一颗平常心。"气和"指气血调和，是安静稳重的状态。人，处于顺境时，容易心平气和；一旦面对逆境，就难以平心静气了。心平气和不是用在安宁闲暇之时，而是用在紧急危难之间。

生活中，不如意的事情时有发生，有似行路中的坑洼小坎，有似航行中所遇的惊涛骇浪。当一个人不能"心平气和"的时候，对待事物就不能做出正确的判断，就会看什么都不顺眼，就会变得狭隘自私，就会气量狭小，就会牢骚满腹，就会经常遇到不愉快的事情。

因为不能心平气和，就会对他人或事产生偏见，由此生活便会漂浮不定，麻烦缠身，反而失去的比得到的要多。世界上的事情往往就是越想得到的越得不到，越得不到时心情就越难以平静，陷入不可自拔的怪圈。所以要学会心平气和地对待身边发生的一切，不要让别人认为你小气、冷漠，更不要把别人看成自己的敌人或者竞争对手，这样才能避免一些不必要的损失和不快。其实在生活中我们经常听到一句话叫"和气生财，不跟小人一般见识"，这其中的道理非常明白：只有心胸宽广才能够赢得人心。

与人交往是我们每天例行的公事，交往中每个人都希望得到尊重和重视，但是，人与人之间的交往也许不会按我们预想的发展，也许会觉得自己受到了伤害，也许会觉得委屈无辜，也许会失去了尊严。越是在这个时候越要提醒自己：心平气和！

如果你像伤害你的人一样彼此针锋相对，恶意相向，那么你和他一样动了真气也伤了身，给人的感觉将是"一路货色""一个水平"，你与他之间的矛盾将得不到很好解决，而且有愈演愈烈之势。无法与人和和气气地相处，总是不知怎么一回事就和人发生了矛盾，和周围人无法相处，这种烦恼整天影响着你，困扰着你，说实话，和有隔阂的人相处而且每天还彼此面对，除了尴尬之外心中可能还会有一股无名火往上蹿。在这样的情况下如何能处理好同身边朋友的关系呢？我想这应该是很多朋友最头疼的事之一吧！其实，这不是一件简单的小事。

我们得慢慢学会冷静，然后再用自己聪明的大脑进行分析，任何事情的发生都是有原因的，既然问题已经摆在面前，它就是你必须面对的，而且既然自己是无辜的那就得把事情的来龙去脉弄清楚。但是，当事情真的到了无可挽回的地步时，你该怎么办？答案当然是逃避！因为你根本不知道怎样去面对这件事所带来的后果。逃避只会让事情变得更加糟糕。所以说，如果你不能做到这点，那么你将永远没有办法从别人那里获得帮助！而你只能用自己来承担一切！你需要的只是时间！耐心等待时机！

这些都得靠你自己去做，这时候任何人都尽量不要去依赖，只有你自己才能解救自己，每一个环节你都得一清二楚，面对伤害你的人，唯有等他冷静你才会知道他发起战争的主要原因，这个时候你要做的就是克制，让自己超越他！

你的心平气和要么把他反衬得无地自容，要么让他更歇斯底里，这都是一种效果，得罪人的事情让他一一去做，管他呢，反正到了这一步他也气得不成样子了！其实心平气和是一种修养，更是一种智慧！如果你能够做到心平气和的话，那将会获得巨大的收获和幸福！

二、心静生智

大将在前方指挥，若能心平气和，则能理智清明，安然笃定；商人在商场上，利害交关的时候，若能心平气和，处之泰然，则必有所得；青年学子，每遇考试时，若能心平气和，就会有好的成绩。

不为花花世界所迷惑，不为财色利禄所诱惑，守住朴素的本我底线，心平气和地面对一切，保持一个美好的内心世界。人要靓丽动人，"秘诀"就是使自己始终保持一种内在的平静感。这种平静感胜过一切化妆品，它给容貌增添的不仅仅是色彩，更多的是从内到外的力量。

当一个人能够"心平气和"地处理问题的时候，就是修养达到一定境界的时候。如果做到了"心平气和"，就能够客观地看待事物，就能够平静地看待生活，就能够换位思考，就能够遇乱不惊。在工作中也要保持这样一种平和的状态，这不仅可以减少压力，而且还能提高工作效率。只有这样，我们才会更加自信、更加从容。心静则气顺，气顺则神安。

心平气和，此乃养生之道。养心、养气才能健康，心平气和的人表现出的涵养和稳重是其身心健康的表现，是其气质风度的展示，是其稳重成熟的流露，其镇定自若是一种令人折服的胸怀。所以说：心静方能定，气旺方可健，气健方能寿。心静方能安，气旺方能强，气壮方可壮，气盛则长寿。只有这样才能做到"心无杂念""心无挂碍"。只有如此才能实现人生价值最大化。

人要争气，不要生气，生气不能解决问题，心平气和才能开发智慧，有智慧才能找出解决之道。用"心平气和"的心态去接纳生活给予的一切吧，不论是失败还是成功，是荆棘还是鲜花。心若在，梦就在！

在人生路途上，我们不必行色匆匆，心急火燎；其实心平气和、淡泊恬适才应该是处世的最佳态度。面对生活要心平气和，生气也只是拿别人的错误惩罚自己，其实快乐健康地活着比什么都好。心平气和做人，心平气和做事，做自己生活的主宰者。学会用平和的心态对待身边的一切事情，以平常心来看待周围的人和事。

人静时，躺下来仔细想想，人活着真不容易，明知以后会逝去，还要努力地活着，人活一辈子到底是为什么？因为你有太多的事等着去做，而没有时间和精力来考虑这些问题，所以很多事情就这样不了了之了，甚至还不如不发生。所以珍惜现在拥有的一切吧！

复杂的社会，看不透的人心，放不下的牵挂，经历不完的酸甜苦辣，走不完的坎坷，越不过的无奈，忘不了的昨天，忙不完的今天，想不到的明天，最后不知道会消失在哪一天，这就是人生。人活着不是为了享受生命，而是为了更好地活着。所以再忙再累别忘了心疼自己，冬日时节，天气寒冷，一定要记得好好照顾自己！珍惜身边所有的人和事，不要让它们成为过去式，也不要让它们成为回忆中的片段，更不要让它们变成现实。

　　人生如天气，可预料，但往往出乎意料。不管是阳光灿烂，还是乌云密布，一份好心情，是人生唯一不能被剥夺的财富。

　　把握好每天的生活，照顾好独一无二的身体，就是最好的珍惜。得之坦然，失之泰然，随性而往，随遇而安，一切随缘，是最豁达而明智的人生态度。再过若干年，我们都将离去，对这个世界来说，我们彻底变成了虚无。我们奋斗一生，带不走一草一木。我们执着一生，带不走一分虚荣爱慕。

　　无论贵贱贫富，总有一天都要走到这最后一步。到了天国，蓦然回首，我们的这一生，形同虚度。在天堂里，我们会得到很多；在地狱中，我们也同样会累得半死。我们的心已经麻木，再也承受不了太多东西，只能把它们当作回忆来珍藏。时间总会过去。所以，从现在起，我们要用心生活，天天开心快乐就好。三千繁华，弹指刹那，百年之后，不过一捧黄沙。请善待每个人，因为没有下辈子。

　　一辈子真的好短，有多少人说好要过一辈子，可走着走着就剩下了曾经；又有多少人说好要做一辈子的朋友，可转身就成为最熟悉的陌生人；又有多少人说要说到做到，却不知道从一而终坚持到底；又有多少人能在一起时幸福，而分离后就成了陌路。又有多少人笑着哭着就忘了彼此，可最后都是各自天涯独自远行；又有很多人说爱一个人只是想和她分享自己的生活；又有不少人说等你长大了再去找他，可等你真的长大了，却再也找不到他；还有的人明明说好明天见，可醒来就是天各一方。

　　所以，趁我们都还活着，战友、同学、朋友、同事、能相聚就不要错过，能爱时就认真地爱，能拥抱时就拥入怀中，能牵手时就不放开。能玩的时候玩，能吃的时候吃。能说的时候说，能笑的时候笑笑，难过的时候别哭。在一起的时候不能说再见，在分开的时候不能流泪。不要轻易把自己当外人，因为有些话说出来很伤人。别轻易相信别人的话，因为那不过是自欺欺人。别轻易放弃一个人，因为他会一直陪伴你。

　　请好好珍惜身边的人，不要做翻脸比翻书还快的人。互相理解才是真正的感情，不要给你的人生留下太多的遗憾。再好的缘分也经不起敷衍，再深的感情也需要珍惜。不要以为有什么大不了的事就一定要去解决，其实一切都可以慢慢来。爱一个人就要包容她所有的缺点和错误，这样才不会让对方觉得委屈。

没有绝对的傻瓜，只有愿为你装傻的人。原谅你的人，是不愿失去你。真诚才能永相守，珍惜才配长拥有。

有利时，不要不让人；有理时，不要不饶人；有能时，不要嘲笑人。太精明遭人厌；太挑剔遭人嫌；太骄傲遭人弃。

人在世间走，本是一场空，何必处处计较，步步不让。话多了伤人，恨多了伤神，与其伤人又伤神，不如不烦神。一辈子就图个无愧于心，悠然自在。世间的理争不完，争赢了失人心；世上的利赚不尽，差不多就行。财聚人散，财散人聚。心幸福，日子才轻松；人自在，一生才值得！活得洒脱，因为活得很累；活得淡定，是因为活得很开心；活得自在，就是活出好心情。

想得太多，容易烦恼；在乎太多，容易困扰；追求太多，容易累倒。别再给别人添麻烦，要学会体谅他人！别再给自己找麻烦，要常怀一颗平常心！好好珍惜身边的人，因为没有下辈子的相识！好好感受生活的乐，因为转瞬就即逝！好好体会生命的每一天，因为只有今生，没有来世。人生中最重要的事情就是如何面对眼前的一切，如何处理好与亲人朋友的关系。我们常常会问："怎样才能活出一个精彩的人生？"答案很多。

有许多人——我指的是那些无足轻重的人——仅仅生活于过去；而另一些人则又沉湎于未来，总是忧心忡忡，愁思满腹。很少有人能够在两个极端之间保持平衡。如果你想活得更精彩的话，就必须保持清醒和冷静，否则将会错过任何可能给你带来快乐的机会。当你拥有了足够多的财富之后，就应该考虑将来的问题。因为没有什么事情比现在更加重要，也只有此时才是最值得珍惜的时刻。如果我们还不能从过去中寻找到真正属于自己的乐趣，那么，就让历史来检验我们吧！

在这个世界上有许多人，他们渴望过更好的日子，却不知道怎样去享受这种美好。然而，对于这些人而言，这一切都只不过是一个梦而已。但是，他们又能怎么样呢？
因为他们所追求的并非物质和金钱的满足，而是精神层面
的快乐与充实，因此，他们更需要的不是金钱和物质利益，
而是心灵的慰藉与宁静。这就是所谓的"梦想"。

那些寄希望于未来，为之奋斗并仅仅生活于未来的人，
对那种即将来临的事物总是翘首以待、急不可耐，仿佛这
是某种一经到手便可获得幸福的东西，尽管那些人聪明绝
顶、气度非凡，严格地说，不过像人们在意大利看见的短
尾猿，一种希望最终得到它的冲力支撑着他们，使他们始
终急急忙忙，紧追不舍。那事物总是恰好在他们的前面，
而他们则一直试图得到它。

这种人就其整体存在而言，他们置身于一种恒久虚幻
的情境之中；继续不断地生活于一种短暂的临时状态，直
到最终走完其人生的旅途。因此，我们既不应该让未来牵
挂而思绪不宁、焦虑企盼，也不应该沉湎于对往事的追悔
惋惜，而应该牢牢记住：唯有现在才是实在的、确定的；
未来总是无一例外地使我们的希望落空；过去也常与我们
曾经预料的相去甚远。

　　总之，无论是未来还是过去都不及我们所想象的。同样的物体，由于间距，在肉眼看来要小一些，但思想则可以把它想象得很大。只有现在是真实可行的；它是唯一富有现实性的时刻，正是在这绝无仅有的时刻，我们的生存才是真实的。当一个人感到自己生活中没有任何不幸时，他就会认为这是一种幸运。然而，如果这种幸运只是暂时的，那么这个人生便毫无意义。因为它已被时间消磨殆尽。

　　因此，我们应当永远为此而充满欢乐，给它以应有的欢迎，并尽情享受这每一时刻——由于充分意识到它的价值而摆脱了痛苦和烦恼——之快乐。事实上，对于一个人来说，幸福与不幸都属于过去。然而，要使过去变成现实却不容易：一方面，人们常常把一切事情归咎于过去；另一方面，人们又常常忽视当前的情况。倘若我们对过去希望的落空愁眉不展，对未来的前景焦躁不安，我们将无法做到这一点。

　　拒斥当下的幸福时刻，或由于为陈年往事懊恼及对未来忧心忡忡，而妨碍了眼前的幸福，均属愚蠢之至。当然，人一生中总有深谋远虑和抱憾终身的时候。但是，往事一旦成为历史，为缓和我们的情绪，我们就应该想想，逝者如斯，而向它道声再见——必须克服心灵对过去发生之事的悲伤，而保持心情愉快。

至于未来，我们只能认为它超乎人力，唯有神知之——实际上此种事在神的掌握之中。至于现在，则让我们记住塞涅卡的忠告，愉快地度过每一天，我们的全部生命仿佛就在这每一天中：让我们尽可能愉快地迎接它，这是我们唯一真实的时刻。对于一个人来说，最可怕的不是他所知道的事情，而是未知的事件。我们无法预知明天将会如何，但却能肯定自己将要遭遇什么。

只有那些必然在某个不确定的时刻降临于我们的不幸才会侵扰我们，然而，能够对此作出完满说明的又寥若晨星。因为不幸或灾难有两种类型：或者仅仅是一种可能，哪怕是极大的可能；或者是不可避免的。即使是那些不可避免的灾难，其发生的具体时间也是不确定的。所以，如果我们并不因为对灾难——其中，有的本身就是不确定的，有的将在某个时刻发生——的恐惧而放弃生活中的全部乐趣，我们就应该或者把它们看作绝无可能发生的灾难，或者把它们看作不会很快发生的灾难。

于是，一个人心灵的宁静越是不为恐惧所侵扰，就越是可能为欲望和期待所骚动。这便是歌德那首诗——它适合于一切人——的真实含义：我已抛却一切。

三、心平气和

一个人唯有当他抛弃一切虚伪自负并且求之于非文饰的、赤裸裸的存在时，方可达到心灵的宁静，而这种心灵的宁静正是人类幸福的根基。心灵的宁静！那是任何片刻享乐的本质；并且，人生之乐稍纵即逝，须抓紧当下的分秒片刻。我们应当不断地记起：今日仅有一次且一去不复返。我们总以为明日会再来；但是，接踵而至的明日已是新的一日，并且，它也是一去不复返的。我们常常忘记每一天都是一个整体，是生命中不可替代的一个部分，而且习惯于将生命看作恰似一束观念或名称——这些观念或名称是无法体验的——倘若如此，包容个体于自身之中的生命便遭到了破坏。

　　在那些幸福而充满生气的美好日子里，我们应当尽情地欣赏和享受；即使在悲苦忧愁的时候，我们也应当回想那过去的寸寸光阴——在我们的记忆中，它们似乎远离痛苦与哀伤——是那样地令人妒羡。往昔犹如失却的伊甸园，只有在此时，我们才能真切地体会到它们是我们的朋友。这是因为：当人们对某一事件感到厌倦时，他们就会去寻求另一种刺激以获得满足感。我们总是期望有一些快乐可以陪伴自己度过一生。这是人类永恒的追求。

　　然而，我们欢度幸福时刻却不珍惜它，只是当灾难逼近我们时才希望它们归来。无数欢快和愉悦的时光都消磨在无聊的事务之中；我们常常因种种不愉快的琐事而错过这些愉快的时刻，一旦不幸降临，却又为之徒然空叹。

　　那些当下时刻——即使它们绝非平凡普通——往往被漫不经心地打发过去，甚至急不可耐地置于一旁，而它们正是我们应当引以为豪的时刻；人们从未想到流逝的时光正不断地使当下变为过去——在那里，记忆使之理想化并闪烁着永恒的光芒。后来，尤其是当我们处于窘境之时，面纱才被揭去，而我们则为之抱憾终身。

现实世界里的许多事情都具有不确定性，因而要想从有限的时间和空间获得尽可能多的信息就变得非常困难。但是，我们可以通过对未来事件进行预测来解决问题。这种预测性不仅能帮助你确定当前所面临的情况，而且还有助于解决一些无法预料或难以处理的问题。例如，如果我们不知道明天会发生什么事的话，那么今天就要做好准备了。这意味着你必须提前做出安排。如何才能提前做出安排？这就需要我们运用正确的逻辑来思考了。

在现代逻辑中，逻辑一般被定义为研究推理的科学。而在数学领域，人们常常把逻辑学看作重要学科之一。它涉及很多方面的内容，如语言、几何、代数、函数等。那么根据前面的分析，我们可以得出，逻辑哲学就是在技术的基础上，以非技术的方式研究与推理相关的问题。推理只是众多的思维类型中的一种类型，不同于想象、联想。当然，不能说想象、联想中完全没有推理，推理的抽象的语言表达方式既不同于论述的描写方式，也不同于形象思维及其音乐、绘画等表达方式。但是推理在人们的思维活动中占有重要位置。在人们的日常交际中需要推理，在正式场合的辩论、演说中需要推理。尤其重要的是，在各种科学研究中不仅需要推理，而且大量运用推理，尤其是在现代科学中，归纳和演绎推理交替使用的方式更为明确突出。

推理在人们的思维中之所以重要，主要是因为它可以使人们获得不能由感觉、知觉得到的知识，获得不能由经验直接得到的知识。人们从事认识客观世界的活动，而且人们也想认识客观世界，但是人们不可能事事都凭自己的感官知觉去认识，人们必须借助自己的推理能力去认识把握许多问题。此外，认识获得不能由经验直接得到的知识的这种能力恰恰是想象、联想等其他思维方式所不具备的。因此推理对于人们的思维来说具有极其重要的意义。

认识到推理在思维活动中的这种重要作用，我们又知道逻辑是研究推理的，因此可以确切地说逻辑对于思维具有重要意义。推理是一种思维活动，推理中的逻辑常项恰恰反映了思维推理中起作用的逻辑因素。逻辑这门科学研究推理形式，主要是揭示推理中起作用的这些逻辑因素的性质及其规律。过去它是通过研究自然语言表达出来的推理形式，现在它是通过构造人工语言来研究、揭示和把握这些逻辑因素的性质和规律，从而为人们提供经验有效的推理和非有效的推理的标准。推理是思维活动中一种最重要的类型，因为它能使人获得不能由爨觉、知觉得到的知识，获得不能由经验直接得到的知识。我们环镜明推理是从前提到结论的推论过程，决定这种推论必然性的是逻辑因素，相应于这些逻辑因素的是推理形式的逻辑常项。逻辑通过对推理形式的研究，揭示并把握这些逻辑因素的性质和规律，从而为人们提供经验有效的推理和非有效的推理的标准。因此可以看出，逻辑对于思维具有极其重要的作用。

有了逻辑与思维之间关系的认识，那么进一步的，对于思维是什么我们有着怎样的定义呢？究竟什么是思维和意识，它们是从哪里来的？那么就会发现，它们都是人脑的产物，而人本身是自然界的产物，是在他们的环境中并且和这个环境一起发展起来的，不言而喻，人脑的产物，归根到底亦即自然界的产物，并不同自然界的其他联系相矛盾，而是相适应的。

思维这种常见的现象，是作为物质的一种属性而实际存在的，它不是被反映了的大脑属性，而是属性本身。它同机械运动、物理运动、化学运动、生物运动以及社会运动一样，都不过是物质的运动而已，是人脑这一物质的运动形式而已。"确切地说，思维应当用三个命题来陈述：（1）思维是一种可派生出和可表现为高级意识活动的物质运动;（2）思维是脑对对象深层远区的穿透性反映；（3）思维是在特定物质结构脑中以特殊方式发生的信息变化。"也就是思维是在特定物质结构脑中以信息变化的方式对对象深层远区实现穿透性反映的、可派生出和可表现为高级意识活动的物质运动。而并非简单的，思维只是一种认识活动。人的思维如果没有同具体的对象相结合，还不是认识。思维不仅存在于认识之中。人的无目的的、无意识的活动中，也是有思维的。一般的看法，思维只存在于人的理性认识阶段，而不存在于感性认识阶段。思维既存在于理性认识阶段，也存在于感性认识之中，不能在理性认识同思维之间画等号。理性认识是思维对客体的不断接近，同样，感性认识也是思维对客体的接近。如果只认为思维存在于理性认识之中，那感性认识是不是思维对客体的接近呢？

认识是人的头脑对客观事物的反映过程。然而人体的各部分是一个有机的统一体。不可能感觉的时候没有思维，也不能有脱离思维的感觉。从使用某一概念来思维到真正懂得其内容，本身就是一个认识的过程。无论感性认识还是理性认识都是在人的头脑中进行的。把感性认识排斥在思维之外是不对的。如果说思维是对存在的反映，这种说法，用来作为思维的定义，是不确切的。思维和存在是一对矛盾的两个方面，是两个不同质的东西，不能拿这一方给另一方下定义。"存在"这个概念本身就是一个无具体内容的概念，存在就是有，不存在就是没有，此外别无他意。把思维对存在的反映作为思维本身的定义，显然是不确切的。而把思想和思维等同起来，这也是不确切的。

实际上，思维和思想并不相同。思维是人脑的运动形式，而思想则是思维对客观存在的反映，是思维的成果。思维只是矛盾的一方，而思想则是思维与存在的对立统一。并且思想会有进步与落后之分，而思维则是人的头脑的生理现象，它只有智力水平的高低。如果说抽象思维是世界观，形象思维是受世界观所支配的。这种说法也是不对的。

抽象思维与形象思维之分，只不过是指思维所具有的不同特征罢了。形象思维是指这种思维形式具有的形象化要多，抽象思维则指这种思维形式具有比较抽象的特点。抽象思维根本不是什么世界观，世界观是人们对宇宙总的看法，是有对象、有内容的。而抽象思维不过是一种具体的思维形式罢了。

人有理性思维是人类认识客观事物的最高水平。科学发展到一定阶段后必然出现理性主义倾向。这就需要建立一个以辩证观点为基础的哲学体系来取代经验性唯心论。哲学上所谓"唯物"即一切从属于客观实际，它强调了感性知识与知性经验的辩证统一关系，从而确立起唯物主义认识论中最基本的概念——辩证法思想。因此，要想使哲学摆脱形而上学，就要用辩证的方法去解决现实问题，这是一条不可回避的道路。

四、心有逻辑

在哲学中，思维是人对物质世界包括社会在内积极适应的产物。积极适应和消极适应的不同点在于消极适应只是对于自然状况的现成利用，而且是在本能驱使下的利用机体并不变革自然状况，只是顺应现成的自然状况并不是有目的地改变自然情况，只是无目的地利用自然状况，这种利用也会改变自然状况，但这种改变只是利用的后果，而不是为了更好地利用自然而对自然的先行改造。

思维的运用无不是通过思维规律和思维方法发挥效用。思维方法是人类认识世界的中介系统，是保证思维活动正确运行的规则、线路和手段。而方法论是把方法作为对象并研究方法之间内在的逻辑的理论。"在哲学上所研究的思维方法仅指理论思维方法，是以揭示事物的本质和规律为目的的理性认识的方法，它是其他一切方法的基础和核心。"要深入研究思维方法的形式、类型和特点，就要研究逻辑学。逻辑学是以人的思维为对象、研究如何正确思维的科学。迄今为止，存在着两门逻辑学，一门是形式逻辑学，一门是辩证逻辑学。两者都是关于思维的规律、形式和方法的科学，但它们是从不同角度以不同方式去研究概念、判断、推理等思维形式的。形式思维的任务是撇开思维所反映的内容，单纯从形式方面考察思维，撇开思维的产生、形成和发展的过程，主要从现成形态中分析和研究思维。它侧重于按照形式上的结构对各种概念、判断和推理加以整理，以便就各种不同具体内容的思维之间的共同性问题，进行形式化的处理。

辩证逻辑则从内容和形式的统一中研究思维，它既从思维的实际发展过程来考察思维，对人类的认识作出逻辑概括，又着重揭示每一思维形式的辩证内容以及诸思维形式之间的辩证关系。同样的形式逻辑和辩证逻辑两者在反映的客观世界的内容和层次不同，尽管如此，两者之间能够相互补充、互相限定。辩证逻辑高于形式逻辑，但并不排斥形式逻辑存在的必要性和重要性。"在现代思维方法中，形式逻辑和辩证逻辑作为两种不同类型的逻辑方法都在迅速地发展，而辩证逻辑的方法对于现代实践和现代思维更具有新的重要意义，它为我们把握以高度分析和高度综合相统一为特征的现代思维运动提供了有力的方法和武器。"随着人类实践活动向现代化的大工业方式发展，人类活动的主体、客体、中介系统以及人们的思维方式都出现了一些新的变化。理解现代思维方式的基本特点，掌握现代科学思维的一般方法，也就为确立和深化辩证思维的及其重要的方面。

　　现代思维，首先是指与现代社会的发展和要求相一致的思维活动、思维路径和思维方法，同时，它还包含现代人应有的思维观念、思维方式和思维能力。现代社会，由于经济的发展，电子科技的广泛应用以及相应的文化导向，传统思维结构受到强烈的冲击。一方面世界经济、政治、文化全球化的进程，拓宽了人与人之间的关系，为个体的发展创造了前所未有的广阔前景。人们不仅要拥有广博的知识和技能，而且要具备应对各种挑战的心理承受力。另一方面，由于科学技术的发展所带来的生态危机和生存危机，使思维结构的异化问题逐渐显露出来。思维结构的转型成为现代人思维活动的重要特点。那么，现代思维有哪些本质特征呢？现代思维和现代思维方式可以说是互为表里。那么，现代思维方式有哪些基本特点呢？

　　现代思维方式是现代实践和科学技术革命的产物。思维方式作为主体以一定观念方式去把握客体的运动过程，它是主体、中介系统、客体三者之间有机的联系过程。现代实践正通过现代客体系统、主体系统和思维工具系统的重大变化，奠定着现代思维方式的客观基础。现代思维的根本特点在于，一方面由于实践活动深层化，因而分析性的思维越来越细；另一方面，越来越细的分析性思维又要求着高度综合性的思维产生，它标明高度综合性思维是以科学分析为基础，以复杂性、相关性的客体为对象，以实现更高层次的主客体统一为目的的综合性思维，它是与高度的分析性思维相统一的。思维本身必定是一种动态的信息交流过程，但自觉地把动态性、信息性作为思维的原则，只是在现代思维中才产生和定型的。由于现代实践活动方式的复杂性，现代思维必须以社会化的形式，动员全社会的各种力量，才能在其有机的协调中进行。由于通信、信息和技术手段的巨大变化，现代高度社会化的思维及其成果，又是每一个个人可以实际利用和享受的，它为个人在思维上的全面发展奠定了客观的基础和条件。

　　那么现代思维有哪些本质特征呢？"依据系统科学的原理，一个有生命力的、不断进化的系统必定是一个开放系统，它必须保持与其环境系统的物质、能量和信息的交换。所以，一个能够反映人类认识新水平，具有自我更新、自我进化能力的现代思维系统也必须是一个开放系统。"也就是说现代思维必须具备开放性的特征，即现代思维一方面要不断开放和拓展思维的领域，转换思维的时间和空间维度；另一方面要求人们不断突破和更新旧的思维方式，用开放的视角和观点去分析和研究问题。我们能够看到，在世界进入新科技革命时代，信息化和经济全球化日益扩展的今天，只有保持开放性思维，让思维触角突破传统的隔离圈，面向世界，放眼未来，我们才能广泛获取各种信息资源，从而推动思维活动不断向高层次发展。现代思维突破了直线式、单向式的局限，强调多向度、全方位地观察和思考问题，多视角、发散式地寻求解决问题的思路和对策，即现代思维的多向性。"突破直线式、单向式的传统思维的局限，提倡多向度、全方位地观察和思考问题，是现代经济和社会发展的多样化、多极化发展趋势对思维方式的客观要求。"思维的多向性，意味着我们必须多视角、发散式地分析问题，探求对策。这就是说，面对一个问题或困境，要善于从不同的角度和方面去思考其成因和后果，尽量构建多种解决问题的设想和方案，扩大选择范围。现代思维顺应现代科技、经济和社会的综合化、一体化的发展趋势，强调各种思维形式和方法的集成，高度重视整体和系统思维。现代科技发展的一个突出特点，是既高度分化，又高度综合，并且往往是在高度综合的过程中实现其分化。这里突出了现代思维的综合性特征。"现代思维学的研究表明，人的思维活动有逻辑与非逻辑、抽象与具象、分析与综合等不同形式，并在此基础上演变出逆向思维、类比推论、联想探求、移植拓展等多种方法。"现代思维顺应现代科技、经济和社会日益复杂多变的发展局势，注重思维活动中的预测分析和研究，强调计划、方案和决策的适度超前性。也就是说，前瞻性的思维，有助于我们把握自身行为的整体后果，趋利避害，实现人与社会、人与自然的协调发展。另外，现代思维把创新作为思维活动的首要目标，高度重视对思维观念、方式和方法的创新，并通过思维创新引发和推动其他各个领域的创新。在现代社会，人们关注并加强思维的开放性、多向性、综合性和前瞻性，其最主要的目的，就在于最大限度地实现思维的创新，并以思维的创新推动理论、制度、方法和技术等各个领域的创新。从现代社会的发展进程来看，人类正是通过思维创新加速推进和实现各种理论、制度和方法的创新，不断发明和更新各种协调人与自然、人与社会关系的新技术和新手段，实现社会生产力水平的提升。

在逻辑哲学的视域下来看现代思维，也可以说是在哲学范围内来理解现代思维。由逻辑哲学的一般定义，"逻辑哲学就是在技术的基础上，以非技术的方式研究逻辑问题"，而逻辑问题与思维问题有着一体两面的联系，由此而引出了现代思维问题，也是应对现代社会的迅速发展问题而提出。由前面的非技术性方式分析得出现代思维的开放性、多向性、综合性和前瞻性等特点。同时随着工具性学科的不断发展，那么就会为现代社会发展开辟新的路径和开创新的方法并促进人们发展新的思维。

当我们明晓了内心把握外在事物的逻辑以及逻辑本身的问题，无疑有助于我们平息内心的躁动、慌乱等。

第六章

方向

心之所向，始于心之所在

第六章

方向

心之所向，
始于心之所在

一、心之所向

不知从何时起，或是受电影视频的影响，我心中渐渐有了一种对江南水乡热切的向往。许是那多愁善感的雨，或是那碧绿剔透的江，抑或是那古老而又布满斑驳岁月的桥。著名诗人戴望舒在《雨巷》中写道："撑着油纸伞，独自 / 彷徨在悠长、悠长 / 又寂寥的雨巷 / 我希望逢着 / 一个丁香一样的 / 结着愁怨的姑娘。"也许是雨中朦胧的江南风景令人流连忘返，也许是婉约温柔的南方姑娘让人情难自禁，更也许是惆怅又无奈的爱情令人念念不忘。总之，那里的一切都令人神往。

　　江南自古就是文化昌盛之地，有着深厚的文化底蕴和众多历史古迹，历来以秀美闻名于世。其自古以来就被人们视为中国最美丽的地方之一。千百年来，这里一直吸引着无数文人墨客前来游览观光。而江南的雨景也同样具有独特的魅力，它给人们带来无尽的遐想与向往。在古代江南不仅有丰富多样的人文景观，而且还有许多优美动人的自然景观。其中最为典型的是"柳浪闻莺"。相传北宋年间一位名叫李纲的人曾到杭州游玩，并留下了不少赞美西湖景色的诗篇，如："欲把西湖比西子，淡妆浓抹总相宜""湖上行人皆似蚁"等诗句，这些诗生动形象地描写了西湖风景之美。然而，随着时间的流逝，那些脍炙人口的诗作却逐渐被人遗忘、消失殆尽了。唯一留下来的，只有这悠悠的江南风景。

　　江南是个充满柔情的地方，江南的雨亦是如此。雨夜里的古镇总是那么安静、幽雅，仿佛有一种魔力般的吸引力，让你忍不住想去探访一番。江南的细雨，更是让人沉醉不已。江南的雨水，似乎带着一股清新之气。都说烟雨入江南，山水如墨染。雨，墨染了一山一水；装点了老镇古桥；洗涤了每一颗为俗世沾染了尘灰的心灵。江南的雨，纯情且浪漫，孤傲于世间，似一缕缕抚平人心灵创伤的清冷的缠丝。那好像是这座古城历经人世的风霜雪月、历经世事的悲态炎凉，还依然用一颗柔软的心，温暖着每一个为尘世奔波的人的真实写照。江南人又何尝不是以这样的柔情来维系着这亘古不变的人世情怀呢？

最是那一抹碧绿剔透、绵长漫迹，好似心中的一切浮躁与狂妄都消逝了。江南的江，始终发散着亘古不变的魅力，用那一抹碧绿剔透，惊艳了斑驳的岁月流年。每次看到江，耳畔总会萦绕着"愿有岁月可回首，且以深情共白头"这样一句话。春水初绿，春林初盛，一切的美好，都定格在看到江南的江那一刻。或许，正是因为有了这些美丽的传说和动人的故事，才造就了江南水乡这个中国最具有人文气息的地方。

古桥，不只是连接两岸来往的道路，它是岁月的见证，是心灵沟通的桥梁。它永远用那无言的屹立，诉说着岁月的痕迹与悲凉。桥，江南的桥，从不言败，它的精神与魄力，不只是局限于表面，在某个深处，总有那么一些人，透过桥看到了每一个江南人灵魂深处的傲骨与柔情。究竟是怎样的岁月积淀，让傲骨与柔情这两个鲜明对立的意蕴缠绕融合得如此自然且脱俗。江南有多少个故事呢？我只知道，每个时代总会有许多动人的故事发生在这座美丽的城市里。江南也一样，它有着自己独特的风格和魅力。

江南，许是我毕生都向往的地方，每当我脑里闪过一丝对人世的厌恶时，江南的温柔又让我爱上了这个凡尘俗世。闹市中的人，心灵中澄澈的温柔，是江南给的。它在不经意间为我点亮一盏灯，照亮着这世界的每一个角落。当我站在街上，望向那熟悉的街景，却发现那里已被繁华所取代，而我心中最美好的回忆也早已远去。

时间总是马不停蹄地错过或相遇，聚散总是无常，人生千姿百态，锋芒荆棘给你，万丈光芒与温柔亦给你。生活不会尽如人意，不是吗？要想得到这世界最美好的祝福，就要忍受这世间最难熬的折磨。人生的褶皱，从不会为你没日没夜的颓废和抱怨而温柔展开。当岁月沉淀在心中，那份柔情会被时光雕琢得更加美丽，也更动人。我们每个人都希望自己能拥有一颗善良、柔软的心。

奥黛丽·赫本曾说过："我当然不会试图摘月，我要月亮奔我而来。"她是个温柔的人，也是个优雅了一生的女人。何为优雅？恐怕这世间只有奥黛丽·赫本用她的一生完美诠释了这个谜题吧。愿我一生温暖纯良，不舍爱与自由，永不让生活蹂躏澄澈与深情。人生如歌，岁月如水，四季更迭，光阴流转。春暖万物复苏，秋收百果丰收，冬采寒梅傲骨凌寒。

心有山河万顷，眼有春光无限；宇宙山河浪漫，生活点滴温暖，待到雪融草青，定有新的相逢，将温暖延续；待到冬去春来，草长莺飞，又是人间好时节。

须臾几十年，心之所向，皆是奔我而来的温柔与烂漫。曾几何时，高晓松的一句"生活止眼前的苟且，还有诗与远方"成为许多人大肆热捧的经典。其实，诗与远方，并非让你逃避眼前的生活，放下现实中的一切，出走世界，追寻远方。

二、诗与远方

诗与远方，就是一种心境的表达。它不是一种抽象的概念，而是通过诗人自身所经历的人生历程来体现出来的。而这种体验又不仅仅是心灵上的感受。当你看到自己内心真实的情感时，那将会让你感到无比愉悦。所以，诗与远方，便是我们心中最纯净美好的东西。诗与远方，更是一种生活的态度，是在对生命的感悟与探索中，活出自由与快意。真正的诗与远方，来自灵魂的自由，若是心不自由，走遍千山万水也是徒劳。

忘怀得失。我曾经听过这样一个故事：一个国王做了个梦，梦里有人告诉他，只要记住一句话，这一生遇到什么事情都可以忘怀得失，安然渡过。他当时特别欢喜，但醒过来后就忘了。

他非常伤心，于是倾其宫中所有钱财，打造了一个大钻戒，并召集智慧大臣们说："你们谁能把这话找回来，我就把这个钻戒给谁。"

过了两天，一位老臣跟他说："国王，把你的钻戒先给我。"国王问："你是不是已经知道了？"

老臣不说话，拿过钻戒来，在戒环上刻了一句话，又把钻戒还给国王，扬长而去。国王一看，恍然记起梦里正是这句话——"一切都会过去的"。

从此之后，他牢牢记住这句箴言，在一生当中，不管做什么都没有特别的执念。

是啊，一切都会过去的，那些困扰人心的烦恼、计较，在时间的冲刷后又算什么呢？不过是过眼云烟罢了。日本作家太宰治也在《人间失格》中写道："在所谓的人世间摸爬滚打至今，我唯一愿意视为真理的就只有这一句：一切都会过去的。"不管曾经多么深爱的人、多么气急败坏的事情，或者多么尴尬的经历，多么值得庆祝的时刻，那些情绪在当下的那些时刻，那么充沛，但随着时间冲刷，好事坏事，最终也都只成了泛旧的往事。

人生不如意者十有八九，一个短视的人，只能看得见眼前的利益，困囿于一时的得失之辩，最终作茧自缚，再也看不见世间的美景。而一个有大格局的人，却能踏出得失缠绕的荆棘丛，挣脱人生束缚的枷锁，活出心的自由、梦的高远。人生在世，要学会放下，才不会被世俗所累。唯有如此，方可让自己从容面对人生之事。所谓得与失，皆由心生；缘起缘灭，亦由缘转。

三毛曾说："刻意去找的东西，往往是找不到的。天下万物的来和去，都有它的时间。"

心不计较，一任自然的流动与规律，才能随着大千世界的脚步，走向真正的远方。忘怀得失，泰然处世，一任自然的洒脱，才能看见平淡生活中的诗意与快乐。

心宽一寸，路宽一丈，人生能走得更远。只有及时淡忘那些多余的负担，才能轻松地出发，而生命的诗与歌，就会在你不经意间，奏响一刹芳华。

随心而活。当你拥有一份自由时，便可以随心所欲地去选择自己想要的一切；当你失去一份幸福时，便可从容淡定地静下心，把内心的那份感动化作文字记录下来。随遇而安。在尘世之中，我们都要学会知足，不要太在意别人对我们的看法，也不要过于看重金钱和地位。因为，只要心中有爱，世界上什么都不是不可战胜的。顺其自然。人生就像一场旅程，每个阶段都会经历一些挫折与磨难，但如果能顺遂走过每一段路程，那么生命就是充实而美好的。所以说，珍惜现在才是最好的时光。

在墨西哥，有一个流传很广的寓言：一群人急匆匆地赶路，突然，一个人停了下来。旁边的人很奇怪，于是问他："你为什么不走了？"停下的人展颜一笑，说："走得太快，灵魂落在了后面，我要等等它。"这大概是现代人最真实的写照吧。每天在熙熙攘攘的人群中，过着马不停蹄、脚不沾地的生活，蓦然回首，却不知心之所向，落在何处。

若是一生奔忙，却被世俗捆绑，没有一步踏在梦的方向，该是多么悲哀的一件事情啊。还记得那个写下 10 字辞职申请："世界这么大，我想去看看"的女教师吗？她告别生活了将近 35 年的城市，来了一场说走就走的旅行，拥抱世界，从拥挤的人潮中停下脚步，等待灵魂，走向心的方向。

现在的她，走遍天南地北而归，在街子小镇开了一家简简单单的小客栈，依山傍水，民风淳朴，旺季打理店铺，淡季自在出行，把生活过成了自己喜欢的样子。随心而活，就是与灵魂相伴，去除功利的欲念，摆脱俗事的束缚，循着心的方向生活，找到自足和快乐。

真正的诗与远方，是不急不缓，耐心在这个世界上走最适合自己的道路，活出最想要的样子；无忧无虑，熨帖着世界的轮廓，跟随着自我的心声。

当你听从内心，你便会找到答案。行走于尘世中的人，总会遇到各种各样的问题，有迷茫也有彷徨。有时候，我们甚至连走路都变得艰难起来。有些事情，或许真的没有办法解决。哪怕现实有着无尽的局限与无奈，拉扯你我的脚步。但是，步履匆匆之处，别忘了等等你的灵魂，哪怕就一次，随心而活。你会发现，人生万千美景，万重境界，慢慢展开，所谓诗与远方，不过是心到之处，芳香盛开，蝴蝶自来。

做生命的旁观者。让自己成为一个旁观者，去感受世界上那些美丽的风景和美好的心情。如果可以，请一定不要错过这个机会。因为，它就是你身边最真实而又珍贵的一面。我曾经有一段时间很喜欢画画。那时候的我对大自然充满向往。我经常坐在家里画些动物，或者一些植物。有时，我会把它们放在桌子上面。看着这些可爱的小动物，我觉得非常有趣，也非常开心。后来，我开始接触摄影。我想用照片记录生活中的点滴，表达心中的感悟。于是，我便尝试着去做一名摄影师。当时，我还没有意识到自己是一名摄影师。直到两年后，我才真正体会到了自己的重要性。我发现摄影真的可以带给自己，也带给他人很多乐趣。因为，它让我们有机会去感受生命的真谛和世界上最美好的东西。摄影给我最大的启发在于：这个世界无比宽广，多得是我们不知道的事物，也多得是我们未曾见过的风景。要想看遍所有的美景，就不能只停留于一处，也不能只执着于一个角度，要多走一走，走出门去，去一些未曾去过的地方，做一些未曾做过的事，换个角度、换个方向、换个心情，你会发现这世间的一切都是那么的崭新、独特、美丽。

以前有个画家，在一张白纸上画了一个点，装在相框里。来看画的人对着这幅画，指着画上的黑点或赞叹不已，或高谈阔论，或厉色批判，众说纷纭、莫衷一是，没有人知道这究竟代表什么。最后，画家意味深长地说道："生活犹如这幅画，白色是生活中的快乐，而小黑点就是生活中的烦恼。生活中有那么多的快乐，人们往往视而不见，却对一个小黑点盯住不放，耿耿于怀。"其实，我们在生活中不只看烦恼和快乐时如此，看别的也常常如此。着眼点不同，内心的感受就会不同，整个世界也会不同。众生执念于一点，往往会忽略很多很多，全然不觉这大千世界，还有大片的空间。

比如你执着名声时，你就看不见除了名声以外的其他东西，世间其实还有许多事物可带来快乐；当你执着于自我，就会忘记除了自我之外，还有树与花的美，人与情的暖；当你执着于金钱，你就会逐渐迷失在为获取金钱而奔波的路途上，忘记了自己究竟是为了金钱，还是为了金钱带给生活的无忧和舒适。

人们执着于表达自己的东西、自己的想法、自己的观念，总认为自己的想法才是正确的、独特的、有价值的，于是就会想要超过他人、辩过他人、争过他人，想要凌驾于一切。慢慢地，人就忘记了天地何其之大，自己立于世应有的位置与谦卑，忘记了世间百态千妍，忘记了那些本应好好欣赏的美好与诗意。

走不出自我的人，又何谈走向远方？日日纠结于鸡毛蒜皮的小事，又如何活出诗意？杨丽萍曾说过："有些人的生命是为了传宗接代，有些是享受，有些是体验，有些是旁观。我是生命的旁观者，我来世上，就是看一棵树怎么生长、河水怎么流、白云怎么飘、甘露怎么凝结。"一个人如果只是一味地关注他人的喜怒哀乐，那么他的心将变得狭隘、浮躁。一个人能拥有一份超然自在的心境，才能摆脱世俗中的烦忧和烦恼，才不会被红尘牵绊。

因为有旁观的心态，所以能够跳出自我的迷局，向外看清世界，向内看懂自己，不再为执念所困，为迷情所扰，也就获得了灵魂的自由。是不再局限于自我，把自我交付给世界，用旁观的姿态，感知天地每时每刻的滋养陪伴，丰盈而美好。

在这个处处设限的世界里，眼前的苟且心有不甘，诗与远方又似乎遥不可及。其实，忘怀得失，随心而活，用旁观的姿态，不卑不亢地活成自己想要的样子，诗与远方，就会在自由的心上，慢慢舒展。

三、认识方向

方向并非眼前，而是一种趋势、认识。古往今来，在哲学方面，围绕认识的来源和基础、真理的标准、认识的方法等认识论问题的激烈争论，文艺复兴之后的哲学出现了两大派别：经验论和唯理论。经验论者认为认识来源于感觉经验，一切知识必须建立在经验的基础上；唯理论者认为认识来源于天赋观念，知识必须建立在理性论证的基础上。在真理的标准问题上，经验论者认为知识的真理性在于它能够与认识对象相符合，至少可以被还原为经验；而唯理论者认为知识的真理性在于清楚明白、无可怀疑，具有自明性和不矛盾性。在认识的方法上，经验论者认为最有效的是经验的归纳方法，而唯理论者则主张从不证自明的公理出发，经过理性的逻辑推理，推导出结论。

　　经验论者关注的是经验，并且认为一切知识都来源于经验而没有其他的来源，因而他们的思考主要集中在从经验中得来的感觉材料是如何构成知识的。由于英国的唯名论传统，它的经验论者通常都是唯名论者，他们不认为理性在认识中除了组合与分解感觉经验材料之外还有什么特殊的作用，所以他们普遍排斥形而上学。因此，"经验论的体系实际上是以'心理论'的方式构建的，从洛克的'白板说'开始，经验论者都是以经验来说明观念，以观念的组合与分解来说明知识，这模式就是'经验—观念—知识'"。其内在矛盾在于，一方面知识来源于经验，所以知识不是主观自生的，它有着外部的源泉。

　　在另一方面我们认识到的知识关于观念之间的关系，这就使我们的认识与外部对象之间横着一道经验的鸿沟。所以，经验论的局限性就在于它既无法说明知识的客观性也无法证明知识的普遍必然性，从而最终走向了怀疑主义或不可知论。唯理论者意识到感觉经验的相对性和个别偶然性，认为在此基础上是不可能建立普遍必然的科学知识的。如果知识不是以经验为其基础，那么就只能以理性自身为其基础。虽然唯理论能够比较有效地说明知识的普遍必然性，但是其局限性也是十分明显的：在所谓的第一原理问题上难逃独断论的嫌疑，而且现经验论者一样将知识封闭在思想范围之内，因而一样面临着二元论的难题。

唯理论的主要代表人物是笛卡尔、斯宾诺莎和莱布尼茨。经验论的主要代表人物是洛克、贝克莱和休谟。从地域上看，经验论主要集中在英国，唯理论主要集中在欧洲大陆，所以习惯上也被称为"英国经验论"和"大陆唯理论"。以上就是休谟提出休谟问题的理论背景。对此有一个交代则又使我们对休谟问题的来源有着清楚的认识，也为进入休谟问题的讨论做准备。

休谟承袭洛克和贝克莱经验主义的传统，继续对以笛卡尔和莱布尼茨为代表的大陆唯理论进行彻底的攻击。休谟不仅要为知识的合法性清理地基，而且企图建立人的科学体系。他在《人性论》引言中明确指出："关于人的科学是其他科学的唯一牢固的基础，而我们对这个科学本身所能给予的唯一牢固的基础又必须建立在经验和观察之上"，而人性又是一切科学的"首都或心脏"，因而"在我们没有熟悉这门科学之前，任何问题都不能得到确实的解决。因此，在试图说明人性的原理的时候，我们实际上就是在提出一个建立在几乎是全新的基础上的完整的科学体系，而这个基础也正是一切科学唯一牢固的基础"。休谟是通过对"知性"的研究为科学知识提供合法性基础的。

休谟之所以提出因果问题，与他区分两类不同的知识有关。"在休谟看来，整个人类的知识可以区分为两大类：一类是具有直观的确定性或解证的确定性的知识，另一类是以经验为根据的知识。两类知识的对象不同，性质和特点也不一样。作为一个典型的经验主义者，休谟区分两类知识的根本目的是通过深入探究经验知识，揭示经验知识的性质、特点，捍卫经验论。正是在探究实际事情的知识（经验知识）的本性中，休谟提出了因果问题。"休谟认为，关于实际事情的知识的一个重要特点是，它超出了我们当下的感觉经验。在休谟看来，知识以关系为基础，经验知识以经验关系为基础。我们的感觉经验关系有三种：同一关系、空间时间关系和因果关系。只有关于实际事情的推论才能产生经验知识，而关于实际事情的推论只能建立在因果关系的基础上，因为推论总是假定在现在的事实和要推出的事实之间必然有一种联系，否则推论就是任意的，这种联系只能是因果关系。因此，在感觉经验关系中，只有因果关系才可以超出我们当下的感觉经验，推断当下感觉经验之外的对象。他指出："能够引导我们超出我们记忆和感官的直接印象以外的对象间的唯一联系或关系，就是因果关系；因为这是可以作为我们从一个对象推到另一个对象的正确推断的基础的唯一关系。"所以只有在因果关系的基础上，我们才能形成关于实际事情的推论，才能超出我们的直接的经验和证据，获得经验知识。

"既然关于实际事情的推论以因果关系为基础，那么说明关于实际事情的知识的本性就是说明因果关系的本性。一般认为，构成因果关系的必要条件有三个：空间上的接近关系、时间上的接续关系（先后关系）和必然联系；在构成因果关系的三个条件中，最关键、最不可缺少的是必然联系。休谟正是对人们作为不证自明的因果关系中所包含的必然联系进行了质疑，提出了因果问题。"休谟对因果关系进行了分析，对因果问题给予了彻底经验主义的回答。

因果关系得之于经验，而非理性；一个人即使拥有很强烈的理性，他在遇到一个新的事物时，纵然极其详尽地考察它，也不能从它身上发现出原因和结果及其关系来。休谟指出，我们在经验中所能发现的只是构成因果关系的三个条件：接近、先后和恒常结合。其中接近关系和先后关系只不过是构成因果关系的必要条件而非充分条件，构成因果关系充分条件的是恒常结合。所以，在经验中我们发现一些貌象上相似的事物总是恒常地相互结合在一块的，一个出现另一个也会随之出现。由于貌象上相似事物的恒常结合，一个事物出现时，我们总会期待另一个与此类似的事物的出现，这样就形成了我们的因果观念。

将因果关系的基础追溯到经验，尚没有触及问题的实质。休谟指出："说到过去的经验那我们不能不承认，它所给我们的直接的确定的报告，只限于我们所认识的那些物象和认识发生时的那个时期。但是这个经验为什么可以扩展到将来，扩展到我们所见的仅在貌相上相似的别的物象；则这正是我所欲坚持的一个问题。"依照传统的观点，我们之所以能够按照因果关系进行推论，是因为原因和结果之间存在着必然联系。但是在休谟看来，认为在原因和结果之间存在着必然联系的观点既得不到理性的证明，也得不到经验的证明。"不但我们的理性不能帮助我们发现原因和结果的最终联系，而且即使在经验给我们指出它们的恒常结合以后，我们也不能凭自己的理性使自己相信，我们为什么把那种经验扩大到我们所曾观察过的那些特殊事例之外。我们只是假设，却永不能证明，我们所经验过的那些对象必然类似于我们所未曾发现的那些对象。"所以，所谓原因和结果之间的必然性，不过是经验现象之间的恒常结合而已。

休谟所质疑的是关于这种推论的传统观点，而不是这种推论本身。在休谟看来，凭借因果关系的推论其最终根源既不在理性也不在经验，而在习惯。"凡不经任何新的推理或结论而单是由过去的重复所产生的一切，我们都称之为习惯……当我们习惯于看到两个印象结合在一起时，一个印象的出现（或是它的观念）便立刻把我们的思想转移到另一个印象的观念。"这就是说，由于在经验中我们观察到两种现象先后相继、反复出现、恒常结合，我们就在心理上形成了一个习惯，由前一现象的出现便会期待后一现象的出现；由这种习惯所决定，我们就会从一种现象推论到另一种现象。"因此根据经验来的一切推论都是习惯的结果，而不是理性的结果。"休谟正是从彻底的经验主义立场出发，把因果关系完全解释成经验之中的东西。

但是我们在经验中所发现的只不过是两种现象或事件的前后相继，恒常结合，却找不到把原因和结果联系起来的必然性，因此仅仅经验本身并不能说明人们为什么能够从原因推论到结果。休谟把经验主义彻底化的结果，暴露了经验主义的局限性。休谟最终将原因与结果之间的联系诉诸人们心理上的习惯，实质上诉诸非理性。也就是说，"休谟最终不得不对因果关系的必然性给予了非理性主义的解释。这就是休谟回答因果问题的实质。然而，并不是所有的休谟哲学研究者都这样理解休谟问题的实质。哲学界还流行这样一种观点，这种观点把休谟问题、休谟的因果问题和归纳问题混为一谈。我认为，这种看法是对休谟问题的严重误解"。所以说，休谟问题是由休谟首先提出来的，这个问题在休谟那里表现为因果问题。

四、掌握方向

休谟以后在人们对休谟问题解答的过程中，不断将其内涵进行丰富和拓展，不断地展示了休谟问题的哲学魅力。从对休谟问题的阐述中可看到，休谟作为彻底的经验主义者，又不得不面对这个从经验立场无法解释因果必然性的问题。所以作为因果必然性的解释立场就有三个或说有三个方向：经验的立场、理性的立场和调和二者的立场。休谟问题本身就已经预示了经验和理性各自的无能为力了，那么将二者综合起来的方法效果又如何呢？即下面要谈到的康德对休谟问题的回应。

对于休谟问题的解决，"康德的基本思路是：仅从现象来看，休谟的分析是对的，前后相继的两类事件之间没有必然联系，但休谟忽视了一样东西，即人的先验的认识能力或认识形式，其中包括先验的因果范畴。因果关系之间的必然性不是前后相继的现象之间本来就有的，而是人通过先验范畴加进去的，这就是'人为自然立法'。如果看到这一点，那么因果推理的合理性便不成问题了"。虽然休谟的因果问题不是休谟问题的全部，但是，正是因果问题引发了休谟问题中的其他方面。休谟的因果问题最先引起了康德的思考，休谟问题从因果问题演变为康德问题。

在康德看来，形而上学是人类理性的自然追求，但是以往的哲学家并没有提供出科学的形而上学，特别是与其他科学的飞速发展相比，形而上学在原地踏步不前。造成这种状况的主要原因，是独断论和怀疑论各执一端。独断论者武断地用有限的范畴去认识无限的存在；怀疑论者把知识局限在感觉经验的范围之内，反对超出感官经验。既然形而上学是人类理性的自然追求，所以回答"形而上学是否可能"这样的问题，就必须首先考察人类理性，对纯粹理性进行批判。通过对纯粹理性的批判，最终确定形而上学的命运和前途。在康德看来，休谟通过对形而上学的一个重要的概念——因果连结概念的考察给予独断论以毁灭性的打击。独断论把因果联系看成理性是先天产生的，但在此不可理解的是，由于这一事物的存在，为什么另一事物也必然存在。康德确立的哲学研究新方向既不同于唯理论的独断论，也不同于经验论的怀疑论，而是试图批判地综合两者，建立一种"批判论"，所以他把休谟问题改造、转换为一个新问题——康德问题。

在康德看来，休谟的根本错误在于，在否定理性的独断论时，把理性知识所具有的普遍必然性也一起否定了。康德认为，知识由两种成分构成，一是先天条件，一是经验内容；知识既离不开经验，也离不开先天的理性条件；经验扩充知识的内容，先天条件提出知识的普遍必然性。康德对休谟问题进行了改造："问题不在于因果概念是否正确、有用，以及对整个自然知识说来是否必不可少（因为在这方面休谟从来没有怀疑过），而是在于这个概念是否能先天地被理性所思维，是否具有一种独立于一切经验的内在真理，从而是否具有一种更为广泛的、不为经验的对象所局限的使用价值：这才是休谟所期待要解决的问题。"休谟问题的实质在于理性能否先天地思维经验的同一性，即理性借助先验条件解释经验的统一性是否具有合法性，普遍必然性的知识是否因为理性的先验条件而成为可能。可见，在休谟那里，休谟问题所涉及的仅仅是因果必然性问题，而到了康德这里，休谟所提出的问题则转换成了知识的可能性问题，知识的可能性问题是认识论的一个根本问题。尽管休谟的因果问题直接针对的是因果的必然性问题，但是它所指向的确是认识论的一个根本问题，即知识的普遍必然性问题。休谟贯彻经验主义的结果，只能把经验知识解释为具有或然性的东西，实质上否定了知识的普遍必然性。面对休谟的毁灭性打击，康德试图挽救知识的普遍必然性。康德把普遍必然性看成知识之为知识的本质规定，因而如果没有普遍必然性，也就没有知识。

康德深受休谟经验主义的影响，并且力图摆脱独断的理性主义，综合经验论和唯理论两种学说，但康德把知识的普遍必然性归结为先验的条件，从而采取了先验解决方案。康德认为，科学知识之所以可能，是因为人类理性中存在着先天的概念范畴，先天的范畴综合统一经验现象构成科学知识。这也意味着康德对休谟问题的新解决："休谟的问题的全面解决虽然同他自己的预料相反，然而却给纯粹理智概念恢复了它们应有的先天来源，给普遍的自然法则恢复了它们作为理智的法则应有的有效性，只是限制它们用在经验之中而已；因为它们的可能性仅仅建筑在理智对经验的关系上，但这并不是说它们来自经验，倒是说经验来自它们。这种完全颠倒的连结方式，是休谟从来没有想到的。"休谟和康德面临同样的问题，但由于解决的方式不同，形成了经验论和先验论的对立。

休谟问题虽然并不等同于归纳问题，但是休谟的因果问题却与归纳问题密切相关，归纳问题就是在休谟因果问题的直接启发下，从中引发出来的。在某种意义上说，对归纳问题的解答也是对休谟问题的解答。现代经验主义者直接把休谟的因果问题转换成归纳问题，把休谟问题与归纳问题等同起来，看成一个问题。归纳法是科学研究中的一种重要方法，在休谟之前，科学家和哲学家对归纳法的可靠性和合理性深信不疑，但自从休谟提出著名的休谟问题之后，却使他们陷入了两难境地。一方面，鉴于自然科学的大踏步前进，他们不得不继续保留、运用归纳推理；另一方面他们又不得不正视归纳问题。因此，对于现代经验主义者来说，如何从哲学上解答休谟问题，说明归纳推

理的有效性，成了当务之急。于是，"现代经验主义者把
解决归纳问题作为他们哲学的核心任务之一。现代经验主
义者解决归纳问题表现为两种基本路向：寻求非经验的解
决和寻求概率逻辑的解决，这两种路向分别以罗素和逻辑
经验主义者为代表"。也正如有学者对休谟问题研究的反
思那样："以往对'休谟问题'的研究，从研究路向上可
以分为以'归纳问题'为中心问题和以'因果问题'为中
心问题两条路径；从研究方法上则大致主要有前提设定、
逻辑和语义分析、反归纳三类方案……以上方案不管何种
办法，在对休谟问题的立场上是积极的，而波普尔采取的
则是消极的反归纳主义立场，要用'证伪主义'取消归纳
法在科学研究中的作用，他认为科学实际上是在猜想与反
驳的交织中前进，但他却无法解释那未被证伪的猜测的可
信度又是如何提高的。"一些方案在历史上都曾领一时风
骚，回头审视一番，虽然这些方案中不乏对科学思维有价
值的见解，但它们或者方案本身有明显缺陷，或者试图改
变、消解，甚至拒斥所讨论的问题，因而都未能对休谟的
问题给出真正满意的解答。有鉴于此，休谟问题还将继续
有待新的解答。

　　休谟问题是休谟的彻底经验主义立场的产物，是休谟坚持经验论基本原则的鲜明体现。以因果必然性为核心的休谟问题，虽以追求知识的可靠根据为目标，但最终却以不可知论或怀疑论的结局而告终。这一结果却是经验论局限性的最突出的体现。自经验论与唯理论的论战以来，休谟问题的提出，不能不说其具有很强的破坏力，既端出了自身的不足同时也让唯理论者无从反驳，这一点也正是休谟问题的理论价值的集中体现之处。同时，可以看出休谟问题的提出也是经验主义理论发展所具有的必然性的结果，因果必然性问题得以重新审视和研究。

　　在另一方面，休谟问题所产生的影响是十分深刻的。在哲学史上最突出的康德"哥白尼式革命"直接来自休谟对其独断论迷梦的破除。对休谟问题的研究所展现出的，"不管是康德的认为因果性是'先验范畴'的先验论，还是穆勒（密尔）主张'自然一律性'为归纳推理的基础的演绎主义，还是罗素为科学的归纳推理设定的五个共设，还是金岳霖提出的归纳法的永真原则……不管是卡尔纳普认为通过制定概率演算的形式系统的'概率逻辑'，还是

赖欣巴哈基于实用的'无损失'原则提出的'频率极限'
解决……刘易斯的反事实条件因果观、克里普克的因果模
态逻辑及戴维森等则是从语义学、解释模型等方面分析因
果解释的结构和类型……波普尔采取的则是消极的反归纳
主义立场"对现代经验主义的直接影响。

第七章

心安

在家之感，探寻归属

第七章

心安

在家之感，
探寻归属

一、何处是归处

　　成年人的世界像没有休战期的战场，总有不定时的炸弹在心头炸开。某天上班时，发现要好的同事把你的秘密告诉了别人，心里顿时五味杂陈。下班回家后，看到洗碗池里堆得像山一样，脏衣篮里满满的衣服，突然心烦意乱。打开电脑，想找几个志同道合的朋友一起聊聊生活中的酸甜苦辣，也想听听好友们对你工作上遇到的问题提出建议。可是，却始终没有找到一个合适的话题。想到明天还要继续上班，无奈草草收拾好自己，裹着一身散不去的疲惫打算沉沉睡去。可是夜深人静，想到自己孤身一人在外打拼的辛苦，瞬间悲从中来，无法入眠。

　　心一乱，食不知味，夜不能寐，景不能观，世界混沌，哪里还会有幸福？只有心安定下来，才能品尝到美食的滋味，领略到景色的绝美，感受到世界的美好。心若安宁，一切烦恼也会随之消失，生活才会充满乐趣。心若静，一切烦忧也会远离，生命才会充满生机。正如，白居易在诗中曾道：心安是归处。

　　其实，只要你爱的人陪在身边，或是自我不再纠结，心里就不会再有那些无用的担忧和焦灼，而是有着足够的安全感和归属感。因为，他对我而言就是最安全、最温暖的家。所以，只要心中有念，就没有什么事不能解决，任何困难都可以克服。心安了，万事万物皆可坦然面对。

　　此时，无论身在何处，背井离乡也好，旅居海外也罢，都不会感受到孤单和寂寞，自然就"心有归处"。有你，心安。九鹭非香在《司命》中写道：有你在，何处无繁花，何处不心安。

　　这世界，从未如我们想象的那般安定，到处都充斥着忧患或不安，扰乱人心。在美国，资本主义制度下崇尚着过度的自由，几乎每天都会有枪击事件发生；在日本，阶级分明的社会氛围导致了校园中也存在着阶级，充斥着不公正、不平等的校园暴力屡见不鲜；在韩国，过于膨胀的财阀和家族近乎只手遮天，使得社会充满矛盾和纷争。

　　可是无论世界怎么动荡，只要有你，生活便是繁花似锦，心情自会泰然自若。其实，"有你心安"也不是什么抽象得不得了的事情。每个人的内心，总会存在这样那样的小细节。

　　如你我琐碎又平淡的日常：早上出门前，向家里的人说一声"我出门了"，晚上回家后，习惯性的那句"我回来了"。周末加班出门前，餐桌上总是放着热乎的豆浆、油条和茶叶蛋。加班到深夜时，你在公司楼下等着接我回家。挤地铁回去，在小区里老远就看到楼上家里有灯亮着。忙得焦头烂额时，你来电话提醒我喝水、吃饭。

　　和你之间的鸡毛蒜皮，那些日常里的琐碎小事，能让心中的疲惫消散、焦躁的情绪平静，这大概就是"有你心安"了吧。

　　毕竟，这陌生又熟悉的城市，有着太多的不确定，或许下一秒就失业，或许明天就无处可住，也有着太多的陌生感、人心之间的隔阂、社会阶层的差异。不过，就算无法认同这座城市，也不能习惯冷漠的人群，但是只要这座城市里有你在，有你等，有你爱，无论发生了什么，心都会是安定的，不再"漂泊无依"。因为我知道，你就是我的依靠。随缘，心安。

　　金庸老先生笔下的鸠摩智曾道："世外闲人，岂再为这等俗事萦怀？老衲今后行无止定，随遇而安，心安乐处，便是身安乐处。"是啊，江湖如此广阔，人又何其渺小，何苦被情情爱爱、钱权美色所羁绊。

　　不如像"大轮明王"一样，在江湖漂泊时，随遇而安，随缘而定，不计较，不强求，才能获得内心的一方安稳。其实，复杂的现代社会也像是一个武侠江湖。

只不过是武侠江湖比武，而现代社会斗智。人与人的交往，仿佛是一局步步紧逼的博弈，一步之差，就是失去。钱财美色的得失，好像是一场没有硝烟的战争，一秒迟疑，就是死亡。有时候，我们会因为一些小事，而产生矛盾和冲突；有时，又因一点小小的摩擦，而导致难以释怀。也许，这些事情发生了之后，并不会对彼此造成伤害，但却可以给对方带来心理上的压力和影响。如果不能坦然面对，那么生活将变得很压抑。这就是现代人所面临的问题。

于是，在灵魂深处，我们总有一丝提心吊胆，小心翼翼地为人处世，甚至连心都是战战兢兢的。生怕一时不着，被人记恨在心，也生怕一时懈怠，让人悄悄失望。其实，不必如此。有所求而有所不求，有所为而有所不为。

没必要去追求那些不属于自己的东西，你讨好的人说不定反而讨厌你，你抢来的机会不一定能抓得住。与其让自己的内心备受煎熬，不如就随它去。也没必要为了所谓的合群强行参加同事的外卖拼单，没必要为了照顾亲戚的面子被迫参加无聊的相亲。那些让你心乱的事，都不必做。

　　还不如顺其自然，做最真实的自己，做本就想做的事，随缘自在，方能心安。只有你心安自如，才可知晓天无非阴晴，人不过聚散，地只是高低，都不足挂齿。周国平说过，人最宝贵的东西就是生命和心灵，把命照看好，把心安顿好，人生即是圆满。仔细想，的确如此。

　　人生在世，穿锦衣华服，食山珍海味，也不及内心安稳重要。而身体无恙，心安自得，真的也不需要什么荣华富贵了。无论在何地，有相爱的人与你相守，也未曾辜负过自己，如此心安，便足矣。人生本无常，心安即是归处。

　　临近春节，看到北方的雪下得很大，南方的初春却丝毫没有一点回冷。尽管南方的气候总是如此，但却不见有人出来活动一下，人们似乎还沉浸在冬去春来的倦怠之中。我想这可能是因为天气寒冷吧。如此寒冷的天气里，不论是南方人，还是北方人，不约而同地都蜗居在温暖的家中，陪伴着自己的亲人、爱人、朋友，默默感受着惬意的温情。只有在家的时候，我们的心灵才是安定的、宁静的。这种安定和宁静，便是在家之感。

　　那如果是孤身一人，既无亲朋好友，也无相爱之人，孤独地居住在仅有自己一人的屋子里，我们又应当如何排遣心中难以消散的不安呢？若是能够立刻结交到朋友也就罢了，可夜深人静，面对着满室的静谧和黑夜，人的大脑会难以控制地去回想各种各样的事情。心绪越是纷乱，心情越是寂寞。于是沉浸在各种娱乐当中，寻求感官上的刺激，每次盛大的狂欢过后，杯盘狼藉、宾客散尽的寂静就越是难以忍受。都说在家总是让人心安，可是自己分明已经身在家中，为何仍旧难以平静？

　　裹紧被子躺在枕头上，耳畔总是听见一下又一下、绵绵不息的震动，可是检查了数次，都没能发现声音来自何处。每每一躺下，就能再次听见那令人困惑又不安的声音。它到底是什么？其实，那是自己的心跳声啊！只要人还活着，心的跳动就不会停止。日常活动时总喜欢将气氛和动静整得热闹无比，可是当自己要休息了，却对自己微不可查的心跳声感到吵闹。日日夜夜无法安定下来的，究竟是当代繁华而迷乱的生活，还是自己的内心？我想这大概就是当代人生命中最重要的课题之一吧。俗话说：静则生慧。

心若安静了，一切烦恼自然消失。心若平静了，一切问题
也随之迎刃而解。当你感到自己心绪躁动不安时，可以强
迫自己坐下来，拿一本书静静细细地读。学会与书交友，
书中有着无限的智慧，书籍也是人类进步的阶梯。读一本
好书，让自己的心平静下来。

　　从古至今，能够静心处世，都是非常好的人生品质，
需要我们坚持学习实践，提升自己，心静了，心安了，生
活也更从容了。人生，无论你用哪种语言，其实都不能把
它正确地诠释。因为，人生无常地变化着，我们唯一能做的，
就只有管好自己，去接受或是迎接各种变幻带来的挑战。
心不静，到哪儿都会觉得有喧嚣，心静了，就算生活在闹
市区，依然有"明月松间照，清泉石上流"的感觉。

　　所以，人生是一场修炼，过得好不好、快不快乐，全
要在自己的修为上面下功夫，为什么有的人粗茶淡饭也生
香，有的人住着大别墅，开着豪车，都不觉幸福，只因，
违背了人生的自然规律，超乎了寻常的追求！人，忙忙碌
碌的一生，当你到了一定的年纪，你就会想明白，什么才
是你的。

　　回顾自己的这辈子，为了钱财，为了名利，为了生存，为了追求自己的理想，渐渐地迷失了自己，欲望也越来越大，最终让自己过得那么痛苦。而看看身边的一些人，他们即便也是一个平凡人，家里时常都发出笑声，家庭和睦，孩子可爱，老人安康，一家大小团结一致过好日子，这就是幸福。看看自己的家里，兄弟姐妹不和，父母偏心，孩子不听话，一家人钩心斗角的，一点儿快乐都没有，这不是幸福，这是不幸。当明白了这一点之后，才明白了人生的幸福其实是自己给自己的。一个人如果没有眼界和心胸，不会克制自己，不懂得宽容和体谅别人，自然就会形成目中无人的局面，也因此得罪不少人。

　　真正的幸福，在于内心的安静和丰盈，心若安静，身处喧嚣也能够得到安宁，心若不静，就算给一片世外桃源，也是浪费。心静则心安，心安方释然。心静了，人才能从容优雅地活着，减少一些物欲的困扰，这样才能给自己带来一片心灵的净土，舒服地活着。

　　人活一世，贵在心安，心安了，就幸福了。苏轼说："心安即是归处。"季羡林老先生笔下有一句："再多的缘起缘落，一手挥之，再多的荣辱得失，一心淡之。人生无常，阅尽霜华，心安便是归处。"

　　人生十有八九会遇到不如意的事情，最好的方式就是让事情顺其自然。看淡人生的无常，才能看透人生的本质，心才能舒坦，才能安然。心安，是最好的生活状态。命运的无常，人总会给自己的生活带来一些波折和黑暗，如果想不开，那么就没有后来的安宁。

　　在面对人生的挫折的时候，我们要抱有积极的态度，不要退缩，正如苏轼的人生一样，谁怕？一蓑烟雨任平生。在面对朋友的出卖和背叛的时候，告诉自己，感谢老天让自己认清了人心，从此，不再往来。

　　在面对亲人离世的时候，告诉自己，生老病死，人之常情，只愿逝去的亲人，在另一方别再有痛苦。人生，给自己一个方向，不求地老天荒，给自己一个信仰，不必一路慌张，心若安然，人便自在。

　　随缘便自在，心安即是家。我们只是这个星球上的过客，一切其实都跟我们无关，我们需要的只不过一日三餐果腹之需，而这些也只是为了生命的苟延，为了那些与内心同存的夙愿，往往更需要在眺望中心存渴盼，在寻觅中等待，在寂寞中默默地祈祷。

二、守护内心

生命于人而言也只是为了守住内心的平静和淡然，"我思故我在"，生命亦然，只是为了每一天的快活而去思索，并在思索中守望远方的那一片天！

心安博得岁月怡然。有一个信念，支撑自己风雨中柔韧坚持。

在《我的信念》中，居里夫人说："我一直沉醉于世界的优美之中，我所热爱的科学也不断增加它崭新的远景，我认定科学本身就具有伟大的美，一位从事研究工作的科学家……好像迷醉于神话故事一般。"人生路上，信念和人格是很重要的支柱。有信念，才能走得远；有灵魂，才会活得长久；有信仰，才会拥有强大力量。有德者必能行稳致远。有德必能行正。而拥有一个独立的人格和自我也是不可或缺的。独立的人格就是对自己负责任，不受外界干扰；要保持清醒的头脑，以客观、公正态度对待生活和社会问题；不以个人利益为重，不计较个人得失。

有一颗良心，伴随自己行走于纷繁矩阵。在《良知，是荷底的风声》中，马德说："一个有良知的人，常常醒在这个世界上，为他人的疼痛醒着，为他人的苦难醒着。……与良知相伴的人，都是行走在这个世界上的最美的生命。"人生路上，良知与厚道是很重要的修行。如果你没有善良之心，那么就永远不会知道什么叫快乐；如果你缺乏真诚，那就永远无法体会到幸福的滋味。唯有心无恶念，方可获得真正的安宁与宁静。只有心怀善念，才能拥有一颗慈悲之心、一颗仁爱之怀、一双明澈之眼、一片坦荡胸怀、一种豁达情怀，这就是我们所需要的人生态度！人生路上，多看一眼心向善。

《老子》曰："有无相生，难易相成，长短相形，高下相倾，音声相和，前后相随。"人生路上，本不容易，一切都是相互依存的，做好自己，眼光长远，自带阳光。

靠自己，帮别人，修心态，相对来说多一份安然无恙。

与其嫉妒，不如珍惜一件事，把努力当成一种习惯，修得个心安，人生也会有所收获。与其攀比，不如提升一下能力，把时间用在学习上面，人生也会更加丰富。与其埋怨，不如改变一些观念，把压力变成动力，把烦恼化为智慧，人生也会变得更从容。与其懒惰，不如学会一点儿坚持，把梦想变为现实，人生也会拥有美丽。与其计较，不如放下一切，把快乐当作生命中最重要的元素，修出一片宁静，人生也会更轻松。与其执拗，不如放开心胸，把生活当作一次旅程，把希望寄托在阳光下，人生也会有惊无险。与其忧虑，不如放空心态，把压力当一场游戏，人生也会充满乐趣。与其羡慕，不如踏实做一项工作，把精力附丽在美好的地方，修得一路好光景，人生也会有精彩。与其抱怨，不如培养一个信念，把时间花在有价值的事情上，修得一项好手艺，人生也会有收益。与其较劲，不如增加一份关怀，把满心清香给予身边的世界，修得一份好脾气，人生也会有福报。

世事常新，天道好还。充实自己，保持厚道，给予芬芳，锐意进取，不卑不亢。厘清其中的逻辑，我们就不再有所迷茫。我们知道：如果对事物进行分析，那必须要考虑到对象是否存在于这个过程之中。这是因为：从本质来说，所有一切都是从现象开始，然后才逐渐上升为理论。所以我们需要不断地探索出符合客观实际情况的分析方法来认识问题，并最终解决问题。那么什么叫作正确的方法呢？简单地说，即遵循一定的客观规律去思考，去行动。这是一个哲学命题，也是一门学科——逻辑学的基本范畴之一。但是，由于历史原因以及其他一些客观条件的限制，使得人们对于逻辑学这一概念往往有一种模糊甚至错误的理解。

逻辑学是研究思维、思维的规定和规律的科学。在任何通常的意义上看，黑格尔的逻辑学不是常规的逻辑学，而就其关于形式的科学而言，它又是常规的科学。在黑格尔看来，"逻辑学是研究纯粹理念的科学，所谓纯粹理念就是思维的最抽象的要素所形成的理念"。黑格尔反对形式逻辑只注重形式而不关心内容的做法。因为，黑格尔相信，没有纯粹的形式和内容，且形式和内容必然是相互联系的。也就是说，某些形式最适合于某些内容，而不适合与别的内容，反之亦然。在作为整体的逻辑学中，形式即是其内容，而内容也支配着它的形式。在黑格尔看来，逻辑学也必须是非预先假定的科学。这是逻辑学与一切其他科学规则之间的根本区别所在，其他科学规则必须预先假定某种特定的、独立的问题条件。

"要理解黑格尔关于逻辑学知识概念的自我运动的思想，首先需要把握黑格尔所给出的这一宣言的特殊含义。"黑格尔的逻辑学，正像他的先驱者们一样，是关于术语和概念的逻辑学，而不是关于命题与命题推导之间关系的逻辑学。现代逻辑学研究始于对句法的分析，即是说，始于对语词与命题构成规则的分析。黑格尔期望逻辑学确立起一个各个概念之间关系的体系，而不是命题形式之间关系的体系。要求概念必须是客观的、关于事物本身的、能为人类所认识的映像，并为之建立起一个既是本体论又是认识论的哲学体系。

"主体性是黑格尔哲学的主要原则，是一个在他的各种著作中到处都加以讨论的问题，但只在逻辑学里才得到了透彻的处理。对黑格尔逻辑学中主体性范畴的探究，不仅对于理解他在各个哲学领域里所发挥的主体性原则非常必要，而且会给我们对于主体性问题的讨论以极大的启发和教益。"在黑格尔逻辑学中，主体性这个范畴是主观逻辑，即概念论的第一个大范畴。主体性在这里指的是形式的或主观的概念，即包括概念、判断和推论在内的通常所谓主观思维形式。所以黑格尔说："我们已经认识到，主观的概念（包括概念本身、判断及推论）乃是逻辑理念最初两个主要阶段（存在和本质两阶段）的辩证发展的结果。说概念是主观的或只是主观的，在一定程度内是对的，因为概念无论如何总是主观性本身。"人作为生命个体，在没有把握其主体性以前，只有潜在的主体性，在这个意义上，他就还没有真正同动物个体区分开来，他还只是动物个体那样的主体。当人达到思维的普遍性，自觉地把自己作为主体同客观世界对立并要求客体从属于主体实现善的目的时，他就为自己创立了潜在的主体性变成真实的主体性的现实前提，而当他把理论的态度和实践的态度结合起来以贯彻自己的目的时，它就体现着真实的主体性。

"概念是自由的原则，是独立存在着的实体性的力量。概念又是一个全体，这全体中的每一环节都是构成概念的一个整体，而且被设定和概念有不可分离的同一性。所以概念在它的自身同一里是自在自为地规定了的东西。"就是说概念因自在自为具有能动性，也就是概念的自我运动。概念的运动必须在体现概念的事物运动过程中被体现出来。自然以一种方式体现概念，但这种方式并不是最适宜于显示概念本身的自我运动。唯有精神才是概念的最充分体现，因为只有精神才能更好地展示概念的自我运动。另外，人类社会结构的历史发展也是概念的自我运动的一种形式。但所谓逻辑学是概念的自我运动并不是在这种意义上说的。精神体现概念的另一种形式是在思维自身之中。在哲学的纯粹思维中，我们通过在一种既比自然也比所发现可能的社会实在更高的、更完善的形式中例示自我发展体现来最终认识概念的自我运动。"概念的运动就是发展，通过发展，只有潜伏在它本身中的东西才得到发挥和实现。在自然界中，只有有机的生命才有相当于概念的阶段。"由以上的分析看出黑格尔的逻辑学具有非预设前提性、主观性和概念的自我运动等特点。

　　"概念是作为独立存在着的、实体性的力量的东西，并且是总体，在这个总体中每一个环节都是一个构成概念的整体，而且被设定为与概念没有分离开的统一体；所以，概念在其自相同一里是自在自为地得到规定的东西。"正如前面分析的黑格尔的逻辑学所具有的概念的自我运动的特点，在存在论这一部分黑格尔向我们展示了存在的相关概念的演绎。不仅如此，《精神现象学》中所提到的在哲学研究中所要求的："在科学研究里，重要的是把概念的思维努力担负起来。概念的思维努力要求我们注意概念本身，注意单纯的规定，注意像自在的存在、自为的存在、自身同一性等规定；因为这些规定都是这样的一些纯粹自身运动，我们可以称之为灵魂，如果它们的概念不比灵魂这个名词表示着更高些的东西的话。"所以，对黑格尔的存在论的理解也就离不开相关概念的把握和演绎。概念的重要性在于黑格尔的逻辑学的三大部分有一部分专门对概念进行论述。

　　"只要我们能够简单地意识到开端的性质所包含的意义，那么，一切可以提出来反对用抽象空洞的存在或有作为逻辑学开端的一切怀疑和责难，就都会消失。"什么是逻辑学的开端，逻辑学的开端有什么样的特点呢？"纯粹的存在构成开端，因为它既是纯粹的思想，也是没有得到规定的、简单的直接的东西，而最初的开端却决不可能是任何经过中介的和进一步得到规定的东西。"这里黑格尔给出了答案：逻辑学的开端是纯粹存在（纯存在或存有），特点是无规定性和简单直接性。那么，接下来我们就要分析逻辑学的开端为什么是纯粹存在，什么是纯粹存在。

三、心安此在

关于我们自己的存在，大约在婴幼儿时期，人就可以认知到什么是"我"。但是，随着时间流逝，我们渐渐长大成人，却又逐渐不理解自己，也不理解自己的内心。于是，开始怀疑和逃避，甚至放弃对自身的认识与体验，把一切视为虚无。这种状态称为"精神空寂化"。这是一种非常危险的现象，是人类发展的必然结果。如果不能彻底摆脱这一状况，则会产生焦虑等心理上的症状，并最终导致死亡。所以，我们必须以平常心来对待它。

　　但是如果放弃探究自己的内心，我们又会逐渐迷失在生活的忙碌当中，失去人生的方向甚至希望，这也同样是危险的。因此，我们应该保持一份冷静的心态来看待问题，来面对自己，理解自己。从心理学角度讲，人的行为就是由一系列不同类型的形式构成的，而每个类型之间又有着明显区别。例如，人们总是试图把自己限定在某种特定的范围之内，从而形成一种固定的模式。那么，这种做法是否恰当呢？答案是肯定的。但是，我们为什么要坚持这种观点呢？我们究竟应当如何对待这种观念和态度呢？如果没有对它们进行认真研究的话，我们将很难真正了解人类生活所面临的实际情况。事实上，黑格尔本人也承认这种看法。

　　黑格尔的说法是："存在可以被规定为自我即是自我，被规定为绝对的无差别性或同一性等。这些形式或其他诸如此类的形式，或者是由于需要以一个绝对确实的东西、即这个东西本身的确实性为开端，或者是由于需要以绝对真理的一个定义或直观为开端，都可能被认为必然是最初的形式。"这里是给出了一个开端，但黑格尔随即就否定了这个开端的形式，原因是在这类形式中存在着中介过程。但是在理智直观下可以看作开端的东西，或在自我同一的形式中能够在纯粹直接性中把握的也就只有存在了。

假如没有这个纯粹存在的话，那么，我们就走不出我们的纯粹思维和直观。按照黑格尔的意思，我们所能迈出的第一步就只有纯粹存在，这个第一步指的是纯粹思维的发动或是纯粹直观的开展，这里都是源发阶段的事情。"如果存在作为表达绝对的谓词被陈述出来，那么就有绝对的第一个定义，即绝对是存在。这个定义是（在思想中）绝对最初的、最抽象的和最贫乏的定义。"这里黑格尔有点儿硬性规定的意味，存在是绝对的，一切都从这一点开始，正因为如此，这一点在时间上作为开始点，在形式和内容方面最缺乏。

简单地说，存在就是纯粹思维的规定或说第一个思维的规定。关于这个纯粹存在，黑格尔在一个附释中有较为明白表述："在开始思维时，我们只拥有纯粹无规定性的思想，因为要作出规定，就需要有一物与他物，但在开端里我们还没有任何他物。我们这里拥有的无规定性东西是直接的东西，它并不是经过中介的无规定性，不是一切规定性的扬弃，而是无规定性的直接性，是先于一切规定性的无规定性，是作为最原始的环节的无规定性东西。我们把它称为存在。这种存在是不可感觉、不可直观、不可表象的；相反地，它是纯粹的思想，并且作为这样的思想而构成开端。"在黑格尔的这一表述中，纯粹存在可以看作思维的原初规定，也就是说，存在意味着思维的可能。那么，这里就涉及思维与存在的关系。

在开始思维时，就意味思维对象的存在，这里关键的是开始时这个特殊的阶段。在思维的开始阶段，对于思维来说，须有对象存在，而对象性的存在是存在物的存在不是存在本身。这种存在"不可感觉、不可直观、不可表象"，却承载着思维和思想，或说是"纯粹的思想"或者是"物自身"。到这里，我们就明白了绝对是存在所要表达的意思了。这个存在是逻辑的起点也是思想的基点，比作生命来说就是生命的源点。这个存在却使得所有存在得以可能。如果思维不具存在性，思维就不可能发生。那么，说纯粹思维和纯粹存在也就是等同的。由此看来我们对这个存在的认识是不可能的，它不在认识的范畴内。

"巴门尼德说，'唯独存在是存在的，无则不存在'，从而把绝对理解为存在。这必须视为哲学的真正开端，因为哲学都是思维认识，而在这里第一次抓住了纯粹思维，并把纯粹思维本身作为认识的对象。"把绝对理解为存在，这是思维的开始。这个存在是无任何的规定性的和具有直接性的。我们并不能满足于此。

"说不可停留于单纯的存在，这诚然完全正确；但是，把我们意识的其他内容视为仿佛处于存在之旁和存在之外，或视为某种只不过也存在的东西，这则是没有思想。反之，真正的关系是这样的：存在作为存在并不是固定的和终极的东西，而是作为辩证的东西转化为自己的对立面，这个对立面同样直接地来看，就是无。"这里黑格尔给出了纯粹存在的对立面无，也就是所谓的在存在之外或存在之旁。同时黑格尔给出了事物的辩证本性，即为何这个存在会转化为其对立面。

由此，我们将这个存在视为某种性质即为存在性，视为某种存在物或说某种规定都是不恰当的，正如前面给出的特点"不可感觉、不可直观、不可表象"和视为纯粹的思想或纯粹的思维或是绝对，我们得到的还只是一种规定和描述而并未切近存在本身。也正如，我们前面给出的存在并不在认识的范畴之内，或说超出了认识能力的范围。这一点似乎与康德的物自体的特点相似。这只是正面的阐述和认识，相反的是，有必要质疑认识的方式本身是不是存在问题或说认识的方向存在问题。在哲学史里还存在着非理性的认识方法，如宗教的信仰、现代哲学中的非理性主义和唯意志主义。"是什么"的传统认知模式，在这里给人以有些勉为其难和难以胜任的感觉。

四、心有归属

"说不可停留于单纯的存在，这诚然完全正确。"我们毕竟是有所停留的。黑格尔给出这个单纯存在的无规定性、直接性和抽象性的描述，而后动态化地给出了存在的对立概念——无，可见这个单纯存在还处于单纯的设定状态。关于这个单纯存在，我们最大的疑问就是"存在是什么"。一般的认知方式是，确立认识对象然后根据一定的方法和规则进行研究，最终得到的也就是概念和规定。

所以，对这个单纯的存在的思考或可说也就只能停留在思考的阶段里，也就是说对这个单纯存在把握的最大困难在于其抽象性。这个困难黑格尔有两个方面的阐述："哲学之所以难懂的一部分原因在于没有能力——这种无能本身只不过是不习惯——做抽象思维，即紧紧抓住纯粹的思想并活动于纯粹的思想之中。……另一部分原因在于一般人没有耐心，他们急于想用表象的方式，把作为思想和概念而包含在意识中的东西呈现在自己面前。"这里我们或可对这个单纯存在有个直观的把握，即纯粹的思想。

"但这种存有是纯粹的抽象，因此是绝对的否定。这种否定，直接说来，也就是无。"当对这个单纯存在进行思想时，最直接的就是没有任何的规定，就是纯粹的思想本身，在内容和形式上还不能把捉到丝毫。没有内容和形式，这是单纯存在的形态。那么，什么是"无"呢？"只有在这种纯粹的无规定性中，并且为了这种纯粹的无规定性，存在才是无，才是一个不可言说的东西；存在与无的差别是一种单纯的意谓。"有存在也就有存在的否定，即非存在或说是无。外在地看无也是一种存在，而单纯存在与无同具高度的抽象性和直接性。作为逻辑学的起点，纯粹存在和无相互规定，纯粹存在作为第一个设定的概念，无对其进行限定或说无进入纯粹存在中。在经验生活中无此规定，却预设了存在这一逻辑前提。在现实的经验世界里，人们的知识来源于感性经验，而无须过问其中的所以然的问题。但作为逻辑学的开端是不能有任何的预设存在的，逻辑学的开端是绝对的。

"无作为这种直接、自身等同的东西，反过来说，是与存在相同的东西。因此，存在和无的真理是两者的统一；这种统一就是变易。"两者的相同在其特性上的无规定性、直接性和抽象性。虽言两者只是在差别上是意谓的不同，但两者却能够相互规定而走向同一，即变易这一概念的产生。由纯粹存在与无之间的联系来看，也只有变易这一概念来把握，这一过程也就是变易概念的产生。即在存在中得到无，在无中得到了存在，在这过渡的过程中便形成了变易这一具体的概念。但变易本身也还是一个极其贫乏的规定，必须在自身进一步深化和充实自己。

"在变易中与无统一的存在和与存在统一的物仅仅是消逝着的东西；变易由于其自身的矛盾而退化为这两个东西在其中得到扬弃的统一体；因此变易的结果就是特定存在。"这里"扬弃"一词很是关键，这个词含有双重的意义：既有取消、舍弃之意，又有保持、保存之意。变易的扬弃得到的就是特定的存在（定在或现有）。这里应该明白的是变易概念舍弃了什么和保存或保持了什么。由存在过渡到无、由无过渡到存在和两者的统一得到的变易，可以看出定在是变易概念舍弃了存在与无的对立而保持了二者的统一的结果。那么，这个过程的必然性是怎样的呢？

"特定存在是具有一种规定性的存在，这种规定性是直接的或存在着的规定性，即质。特定存在在它的这种规定性里被映现到自身之内，就是特定存在着的东西，即某物。"定在是具有规定性的存在，同样也是变易的结果，这规定性是变易的原因或说规定性导致了变易，而这规定性是什么？是否定性。

否定性不再是抽象的无，而是作为一种特定存在和某物，仅仅是某物的形式，就是说，否定性是他在。换一种说法就是，具有质的存在就是特定存在和某物，也就是他在的结果，即是说定在是具有他在性的。而他在是质固有的规定，那么，质的存在相对于他在的结果而言是一种自在存在，也就是特定存在所固有的环节。某物由于它的质而首先是有限的，其次是可变的，所以有限性和可变性就属于某物的存在。某物因具有质或说否定性，才是某物。否定性一方面构成定在的实在性，另一方面则是定在的否定。

某物潜在地就是它自身的他物。这一点从否定性的特性可以看出，否定具有否定自身的特性，即有着否定之否定。相对于某物的他物本身就是一个某物，所以我们经常说到某个他物；反过来说，最初的他物相对于同样被规定为某物的他物，本身也同样是一个他物。我们在说到某个他物时，最初以为某物就其本身来看只是某物，只有通过一种单纯外在的看法，它才具有成为一个他物的规定。从否定方面来看，变化的东西是他物，这个他物变成他物的他物，所以，存在作为否定之否定，又得到恢复，并且是自为存在的。

存在自身包含着质、量和尺度三个阶段。质首先是与存在同一的规定性，两者相同到这样的程度，以致某物如果失去其质，就不再是某物。而量则是对存在外在的，与存在漠不相关的规定性。例如，一所房屋无论大一点儿或小一点儿，仍然是一所房屋，红色无论深浅，仍然是红色。存在发展的第三个阶段，即尺度，是前两个阶段的统一，是有质的量。一切事物都有它们的尺度，这就是说，它们是在量上得到规定的，它们的存在无论怎么大，都与它们的性质漠不相关；但这种漠不相关也有其限度或界限，如果由于再更大一点儿或再小一点儿而超出这个界限，那些事物就不再是那些事物。于是就从尺度产生了想理念的第二主要范围，即向本质的进展。

如果仅用"正、反、合"三段式来概括黑格尔的逻辑学，就显得抽象和无趣；如果能够深入黑格尔的逻辑学的每一个阶段，则会发现是具体的和丰富的。尤其是深入逻辑学开始部分（存在论），虽是异常的抽象和空洞，却是充满着无限的遐想。当然也是最为艰难的部分，如纯粹存在或纯粹思想，思维和存在同一，其抽象性可见一斑。这里需要的不仅是抽象思维能力，还需要的是坚韧不拔的毅力。通过对黑格尔的逻辑学的存在论部分的分析和认识，深深体会到其否定辩证法的魅力，与此同时，也能够锻炼抽象思维的能力。

　　在这一部分里很显然的是黑格尔没有区分存在和存在者的，也正如海德格尔说的还是"在的遗忘"的历史阶段。海德格尔对这个现象的一个解释是："存在论的任务在于非演绎地构造各种可能方式的存在谱系，而这一存在论的任务恰恰须对'我们用"存在"这个词究竟意指什么'先行有所领会。"也就是说人们用存在一词一般意指物的有、物的存在，也就是存在物。当然二人的"存在"概念是不同的，黑格尔的存在概念可以说只是规定，而海德格尔的存在概念限于存在本身；黑格尔重在存在概念的辩证运动，海德格尔则是对存在的追问。存在论的发展是历史性的，只是在黑格尔这里完成了阶段性的发展，随着后来哲学对黑格尔形而上学体系的解构，使得黑格尔哲学成为现代人有待重新发掘的珍贵宝藏。

第八章

自在

问君何能尔，心远地自偏

第八章

自在

问君何能尔，
心远地自偏

一、心无杂念

　　人活着，有了物质基础才能生存，保证生活质量才能谈理想。太过喧嚣，让人浮躁，唯独静心，才能看到最美的景。如果你是一朵美丽的花，蝴蝶自然会来。很多东西，不是你想得到，就能拥有，关键是看你自己的能力。如果你做得了天空，就能翱翔蓝天；如果你做不到海洋，就无法畅游世界；如果你没有智慧和毅力，就很难成为强者；如果你做不到大海，就不能海纳百川；如果你做不到老鹰，就不能遨游天际。

人生中，消逝无形的是时间，而消失最快的是美丽的风景。如果不懂珍惜，就会错过。随着年龄增长，你终将明白，最曼妙的风景，是一个健康的身体与一个携手到老的爱人。生命不是一场游戏，而是一次旅行、一种经历。只有学会了行走，才知道如何享受旅程！拥有一颗平常心，就是对人生最好的态度。我们要保持平和的心态。平静地面对一切。面对纷扰，不要惊慌，只要心中充满自信，任何挫折和磨难都不会把你击倒。生活中，没有什么东西可以阻挡快乐。每个人，都需要一段充实、放松的时光。无论身处何处，都能找到属于自己的天地。让自己活得更洒脱一点儿。当我想走时，它却会跟在后面；当我想停下来时，它又会紧紧跟随。生命短暂，但不能停止前进。人生道路漫长而曲折，因此一定要往高处走！生活不是一件容易的事，但是，只要我们足够努力，那就是一种幸运！

一个人的自在，取决于自由的心态。有喜爱的工作，有爱你的人，有一份好心情……这些都是美好人生的元素。如果你每天都处于问题之中，就毫无幸福可言。内心淡定从容，才能保证头脑清醒与睿智。没有智慧的头脑，再多的想法都会变成空中楼阁。只有拥有一颗豁达乐观、包容接纳和积极上进的心，才能够找到一条真正属于自己的成功之路。人生需要经历很多事，但我们一定不要错过一些事情。人生在于感悟，也在于领悟。如果说，每一段路，都有不同领悟，你就要从具体的生活中，去选择最适合自己的生活方式。

事实证明，那些难以成功的人，都是不懂选择的人。与能力相比，选择更加重要。选择对的路，便能把握正确的人生方向。选择错了，则会错失更多机会，甚至失去生命。因此，选择比努力更为重要。如果一个人连自己想要什么都没有意识到，那他就是个傻瓜。放弃吧，别再后悔！放弃不是一种懦弱的行为，而是一种积极的心态，更是一种成熟的表现。不要轻易放弃，因为轻易放弃并不能得到更好的回报。只有敢于面对困难和挫折，才能拥有更强的勇气和信心。坚定自己的路，而后坚持前行。在人生的路上，放弃很容易，坚持却很难。你必须保持热情与正面的思维方式，时刻提醒自己，风雨兼程，也要坚持到底！不要把所有希望寄托于他人身上，要坚信：我一定可以成功！生活中没有过不去的坎儿，只有想不通的人。不要抱怨命运不济，要努力拼搏；不要抱怨社会不公，要乐观向上。常言道，日子开心是一天，不开心也是一天，就看你怎么过。

可惜很多时候，我们总是容易较真，让自己不自觉就被各种坏情绪牵着走。其实生活要想轻松过，就得学会自己开导自己。学会体谅别人的难处，懂得给对方一点儿面子；学会包容别人的失误，懂得尊重他人。凡事不能太过计较，否则会伤身体。如果觉得委屈，不妨说出来；如果不想承认，可以假装什么也没有发生过。别总想着"我做错了"，不要总以自己为中心，这样会伤害到别人。别太爱发脾气，不然会毁了心情。别把事情搞得一团糟，那样只会让人更烦心。别总是抱怨自己不够好，那样只能让人更加厌恶。别总认为自己做错了，而不知道原因。错了就要承担责任。自己把自己劝明白了，人也就自在了。

对别人的错误宽容些。对别人的失误容易接受点儿。你要记住：一个人可能改变不了环境，但却能够改造自己；只要肯改正缺点，人生将会越来越美好。人只有不断地学习，才能不断进步。不要因为自己的过错而责怪别人。每个人犯了大错后，总会想办法弥补，这其实也是一种很正常的心态吧！很多时候我们应该学会原谅。如果能做到宽恕别人的过失，并以此来激励自己的话，相信生活会变得更好一些。爱自己，才会包容别人。爱自己的人，一定不会伤害他人。有没有发现，爱生气的人，时常都有看不顺眼的事，有生不完的气。但气来气去，到最后只有一个结果，那就是，明明做错事的是别人，为此买单的却是你自己。

人生不如意事十有八九，与人计较太多，不仅浪费时间，还会不断增加精力的投入和情绪的耗损，伤人又伤己。没那么重要的人和事，该放的要放，该过的要过。正如有句话所说：宽容别人的错，才能解脱自己的心。其实有些时候，小孩子都懂的道理，成年人却犯了迷糊。说到底，包括我们自己在内，没有人会是完美的，都是尺有所短、寸有所长。

遇到他人犯错的时候，可以适当批评，但不必以偏概全，更不必为此而影响自己的心情。与其总是揪着别人的缺点来折磨自己，不如多去欣赏别人的优点。这样，既能及早看开想通，也能让眼睛看到更多更美的风景。对人宽容，就是对自己宽心。对过去的失败释然些。有句话说得既无奈又心酸：在这个世界上，没有不带伤的人。

我们也许很难想象，在一个不动声色的成年人背后，到底有着什么样的过去。但有一点可以肯定的是，能把现在过好的人，一定都有释怀过去的能力。而这一切，都需要你学会接受现实的挑战。如果你能做到这些，相信未来会更加美好。

有一位妈妈，在经历了一次车祸后，腿瘫痪了。虽然当时没办法走路，但还是努力地工作着，希望能够给自己带来更多的安慰。然而好景不长，没多久就因为过度劳累去世了。当她被埋葬之后，家人才发现原来他们一直守护的女儿竟然无法行走！回想她痛苦挣扎的求生的模样，所有人都为之唏嘘不已。为什么呢？因为没有人能帮她重新站起来。其实我们每个人都可以像妈妈一样，用生命去保护身边最重要的事物，而不是为了生存而活着。因为只要你还有一口气存在，那么一切都会变得美好起来。如果你想过得更好一点儿的话，请记得要努力活下去，不要轻易

放弃任何一件事情。因为生命本来就应该这样才对。我们
不能再等下去了。人生不只是一次旅行。当你选择离开时，
一定要学会珍惜自己，好好地享受这段经历。生命就是一
场没有归途的旅程。它不会为任何人停留，更多时候，它
只需要向前。因为只有向前走才能到达目的地。

有一个乐观的姑娘，她曾在地震中失去了家人，双腿
也因此截肢。

但从阴霾中走出来的她，如今却活得比很多人都豁达
和坚强。前不久，她还组织了一批截肢儿童一起登上长城，
并制作公益歌曲，鼓励大家勇敢面对生活。她常说：我很
快乐，是因为我总是能看到现在所拥有的东西。是啊。不
管过去如何，那都已经过去了。一味咀嚼曾经的苦，只会
让眼前的日子也尝不到甜。

过往不恋，当下不负。唯有放手让前尘往事随风而逝，
才能腾出双手，去迎接往后岁月的精彩。当然，选择对过
往的苦难释怀，并不是让我们没心没肺地过。相反，放下
是为了更好地扛起。有经得起世事颠簸的勇气，才会有迎

难而上的底气。人生就是如此复杂和漫长，有些事你不能接受，但一定要学会承受；有些事想放弃，却偏偏要坚持。所以，不要轻易放过每一个机会！珍惜自己的每一天。

冯唐在书中写道：人不该太清醒，过去的事情就让它过去，不必反复咀嚼。一生不长，重要的事儿也没那么多。天亮了，又赚了。前行的路上，谁都是一边失去，一边得到。既然过去无法改变，那就释然以待吧。风雨过后，阳光总会如约而至。人生不是只有成功与失败。如果我们能坦然面对一切，那么我们就不会感到痛苦。只要我们能够乐观向上，快乐地走下去。烦恼只是暂时的。

对今天的烦恼看淡些。很多人都有过这样的经历，因为一点儿压力，越想越严重，忍不住就开始担心这个，忧心那个，最后压得自己喘不过气来。但等过段时间，再回头看，其实就会发现，很多都是小事，根本不值得如此在意。烦恼处处有，看开自然无。生活中，小磕小碰、小意外、小挫折，每天都在发生。要是什么都要烦的话，真的会没完没了。

有句话是这么说的：日子只能一天一天好好地过，别无他法。别烦恼明天的事，明天的烦恼让明天去烦吧。今天的事情就让它过去好了，别造成一辈子的遗憾。今天的事情不要放在心上。只要能做的就是做好，别抱怨，别灰心。今天是昨天的延续，明天又将不同。我只想开心、努力、温柔待人地过完今天。

与其为明天而忧虑，不如把今天过安好。感觉心情苦闷，有压力时，就想办法去化解。可以多读书，让内心变充实；多运动，尽情挥洒汗水以缓解身心的疲惫；也可以多交友，向正能量的人汲取经验和智慧。

二、豁然开朗

当你的状态变得积极主动，心态自然也会随之豁然开朗，才有能力慢慢为自己摒除负能量，建立稳定的情绪和可控的生活。

其实我们的心就像一间屋子，你把心放得足够宽，再大的烦恼也会变得微不足道。若只是想拥有一份简单幸福，那么只要用心地去经营这间屋子，便能得到意想不到的收获。若是不用心去打开那一扇窗，即使外面风和日丽，也无法让屋内的空气清新起来。所以说，要学会放松心情。无论今天遇到什么难题，都笑一笑，看淡一些吧。

生活有苦有甜，尽量找一种令自己舒服的状态去过每一天，就是对自己最好的交代。喜欢这样一句话：解不开的心结，就把它扎成蝴蝶结吧！

谁的人生没有点遗憾呢。其实每个人都有过烦恼和痛苦，但你必须承认，这些烦恼和痛苦并不是来自他人，而是来自自己。不要抱怨命运的不公，因为你只能改变自己。过得好不好，不用说服别人，说服自己就好。有些事，真的无须去计较，也不需要证明自己。做一个真实而快乐的人，这也许是最重要的一点。如果不能做到这点，那就让我们做个真正的幸福的人。很多事，真的不必太较真。看清楚了，想明白了，比什么都强。

当我看到一个人说：他喜欢自由、爱生活，我觉得很有趣！这个人就是一个理想主义者，他认为自由、爱生活是人类永恒追求的目标。自由和爱一样，都是精神上的享受；但二者又有着不同的意义——前者属于物质层面，后者则属于精神层次。自由和爱同样具有价值，只是它们所代表的内容有所不同而已。自由不是道德或法律上的标准，而是个人内在情感的体现。因此，自由应该建立在尊重个体感情、自我选择的基础之上，而非强加于他人。这是自由的本质所在。

"善与恶是相对而生，那么对人性的讨论在西方倾向于恶……那么，作为政治人则是倾向于善的。"也就是说，有一定规则制度约束人的行为时，人才会倾向于善，才有获得自由的可能，进而才能自在。自由是指人们根据自己的意愿决定行动方向，不受任何强制制约，自主地安排人生命运。自由并不仅仅限于经济领域。从哲学角度来讲，自由也包括政治、文化等诸多方面。自由不仅是物质上的享受，更是精神层面的追求。自由不是个人意志的外在表现，而是个体主观能动性的综合体现。自由就是人类社会发展到一定阶段的必然产物。自由主义与社会主义不同，自由主义是一个国家或阶级的思想体系，而社会主义则是以人民为中心，以实现共产主义为最高目标。这两者都是属于马克思主义理论范畴内的东西。但是，二者并不相同。

"自由主义一直是资本主义世界占统治地位的意识形态，是一切主义的主义。我们可以把它看成一种传统、一种资本主义社会意识的传统。"自由主义有些时候被看成一种个人主义、利己主义的源头和资本主义剥削、压迫的代名词。作为马克思所生活的时代，毋庸置疑的客观事实是，早年时期的马克思无不是一位虔诚的自由主义者，其思想的核心内容无疑地体现出了自由主义的传统。但马克思的自由观并非来源或从属于自由主义，而是自由主义是马克思自由观形成的资源以及批判的对象。那么，自由主义传统无疑成了马克思科学的自由观创立的广阔背景。

"在自由主义传统中，自由是人不可侵犯和剥夺的'天赋权利'。从霍布斯、洛克、卢梭到密尔都秉承着这一理念。"我们看到，自由和平等是自由主义的两大基本原则，两者相伴而生，相伴而行，不可分割。自由以平等为条件，平等以自由为目的，甚至可以说，自由和平等是一回事。这种思想无疑影响到了马克思，"如果说经济形式，交换，确立了主体之间的全面平等，那么内容，即促使人们去进行交换的个人材料和物质材料，则确立了自由。可见，平等和自由不仅在以交换价值为基础的交换中受到尊重，而且交换价值的交换是一切平等和自由的生产的、现实的基础"。

在资本主义条件下，自由和平等只是表面现象，是一种虚假的意识形态。自由主义的核心价值或最高价值表现为个人自由。"在密尔看来，个人自由在内涵上有两端：一是思想自由和讨论自由；二是个性自由，而且，前者是后者的重心。"个人必须有充分表达自己意见的自由，个人意见不受社会主流意见或众意的压制。而且，"马克思在论述人的自由的最高境界时，强调的就是'自由个性'"。由人的自由个性方面看，自由主义的两个基本视角就集中在了政治方面和社会层面，即政治自由和经济自由或社会自由，其主要代表人物分别是洛克和亚当·斯密。且两个基本视角的一个焦点是：个人自由，而且其核心的内容是个人对财产的自由支配权。

洛克认为，"财产甚至比生命还重要，统治者可以剥夺一个人的生命，却不能剥夺任何人的财产，因此，自由不是别的，而是私人占有和支配财产的那种自由。这才是自由主义的真正实质。"那么，不难看出自由主义的基本视角对马克思构建其自由观有重大的意义，这体现在了人的解放和经济自由是马克思自由观中不可或缺的两个方面。

三、自由之义

"关于人的自由而全面发展的思想并不是马克思和恩格斯首次提出的，它直接来源于德国古典哲学，往上可溯源到英法近代哲学。而且，这种思想史上的溯源，对正确理解马克思主义的人的自由而全面发展的思想有重要意义。"我们看到德国的资本主义经济要比同期的法国落后，所以德国的资产阶级比法国的要软弱，但它追求和向往自由的愿望却是相同的。因此，可以说德国古典哲学也是法国革命的一个源泉。德国古典哲学家们对于自由问题都有着深刻的见解。他们认为，人类社会必须实现个人与自然之间的和谐统一。只有这样才能促进社会文明进步；否则就会造成社会动乱。正是由于这些原因，才使得人们渴望摆脱束缚，寻求新的生活方式。因此，自由就是一种解放。

这种观念使人们把自由视为人生的最高境界之一。德国古典哲学思想是欧洲中世纪最重要的哲学流派。在西欧文艺复兴运动时期被广泛地接受和传播。成为西方思想体系中不可或缺的组成部分。

德国古典哲学是法国革命在理论上的反映，同时体现了对自由精神的追求。德国古典哲学的开创者康德，我们知道卢梭的思想对其有很深的影响。卢梭曾提出："人生而自由，却无往不在枷锁中。"我们对之很熟悉。康德属先验论者，他主张理性为道德立法。康德的"绝对命令"，是按自己的行动法则去行动。且提出了"人是目的，而不是手段"的著名命题。康德的道德律主要反映在人们的精神世界中，现实的世界却鲜有触及。费希特批判了康德的不可知的物自体，强调了自我的作用，而走向了主观唯心主义的唯我论。他继承和发展了康德所重视的自由思想。而费希特尤其强调人的主体的能动性，强调行动，反对空有言语而无行动。且费希特所追求的理想社会同样是人的联合体，即最高的共同体就是最高的自由。

"黑格尔是德国古典哲学的集大成者。他是客观唯心主义者，把人的精神绝对化、客观化，看成世界的本体，把自然界、人类社会看成精神的外化。受法国大革命的影响，黑格尔崇拜法兰西的理性和自由，他十分赞赏卢梭天赋人权和自由平等的主张。他把自由抬高到前所未有的高度，将自由规定为绝对精神的内在本质。"黑格尔将人类历史看成客观精神发展的历史，也是自由的发展的历史。在《哲学笔记》一书中，他提出了"我之存在就是自然的自我否定"的命题。他认为，人的一切活动都必须依靠自然的力量来实现，而不能由他人或外力来控制。"黑格尔还正确认识到，自由与必然不是绝对对立、排斥的，自由是对必然的认识，自由要靠知识和意志的无穷训练才可以找出和获得。"从简略的回顾中可以看出，崇尚自由，追求自由的精神，以自由人的联合体为理想的社会，是德国古典哲学的优良传统。

"青年时代的马克思，曾参与青年黑格尔运动，深受启蒙思想的熏陶和黑格尔主义的影响，是一位激进的革命民主主义者。他热烈地追求民主自由，反对封建专制主义。"马克思大学毕业后，在社会中的第一次战斗便是反对普鲁士政府的书报检查制度，捍卫出版自由和言论自由。"恩格斯认为，马克思的自由思想主要来自黑格尔。"康德哲学和黑格尔哲学都属于自由主义传统，而一直是自由主义思想的主流。但是，他们对于自由的认识不同。康德把人看成纯粹的动物；黑格尔则强调理性的作用；而马克思则主张人具有自己的意志和人格。因此，对自由的理解也不尽相同。马克思认为，自由就是一种独立的意识存在着并能按照它自身所固有的方式行动。他指出："一个人只有在自觉地掌握了自己的生活时，才能获得这种解放。……人必须完全从自己的身体中解脱出来，并且能够为实现这些目的进行自我选择和自我牺牲。"那么，怎样才算自由呢？这就要看个体如何去认识世界、改造世界、创造世界，从而使之成为真正意义上的个人。所以，自由不是抽象的概念而是具体的行为。

起点：原子的偏斜运动。"1841 年 3 月，马克思完稿的博士论文《德谟克利特的自然哲学与伊壁鸠鲁的自然哲学的差别》，可视为其自由思想的起点。"德谟克利特以原子直线下落运动规定其对象化或客观化的"物质性"

即"质料",却未能规定其当有的"独立性""坚实性""个体性"等形式。而伊壁鸠鲁除了承认原子作直线下落运动,还提出原子在不确定的时间和地点还可发生偏斜涌动。

"马克思认为,这就是原子的'独立性''坚实性''个体性'所'形式'规定的对象化或客观化。"偏斜运动打破了直线下落对原子的束缚,使原子真正在自己是自己的原因和理由的意义上获得"自由"。这种"自由"一开始便由原子的"独立性""坚实性""个体性"来表达。不同的是,伊壁鸠鲁所主张的"个体性""自由",属于纯粹精神内的追求,以自我心灵的宁静为其终极旨趣。"马克思则把个'体性''自由'当作确证人的独特的对象性存在的价值,必然要求它在人的对象性关系中实现出来。"

马克思在博士论文中对原子运动的特性及原子本性考察德谟克利特和伊壁鸠鲁对原子的性质的主张而开始了自由主题的探究。原子的偏斜运动打破了原子直线运动下的"独立性""个体性""坚实性"等形式的沉寂,进一步地敞开了原子本性。同时,看到了哲学与世界、自由精神与现实解放的关系。

　　"在《评普鲁士最近的书报检查令》（1842 年 1 月）、《关于出版自由和公布等级会议记录的辩论》（1842 年 4 月）等文论中，实践的、批判的自由思想最初指向的是现实的国家和法的领域。这必然导致马克思把批判合乎逻辑地引向作为国家和法的基础的'市民社会'，同时相应地提升其哲学境界，促使现实的批判者自觉地批判黑格尔的法哲学。"在《黑格尔法哲学批判》中马克思批判了黑格尔用以颠倒国家和市民社会的关系的，以及从必然与自由的普遍关系推出国家本质的唯心主义。他说："我反对用一般理论去说明法律本身，而是要通过对个人自由和国家意志进行研究来揭示它们各自的特征。"这里所谓的"个人自由"就是"主观自由"。而"国家意志"则指的是政府制定政策时遵循的原则或程序，它具有一定程度上的独立性和权威性。"主观自由"和"客观自由"都属于意识范畴。

　　马克思把市民社会的精神，即多数人的思想称为主观自由，国家精神则是客观自由。而黑格尔所说的客观自由实际表现为主观自由。"在论《犹太人问题》（1843 年秋）一文中，马克思提出著名的政治解放与人类解放之别，认为政治解放是国家摆脱一切宗教束缚的解放。这种解放并不是彻底的人类解放。在此解放之下，即使人还不是自由的人，国家也可以成为共和国。这样的国家是人与人的自由之间的中介物，寄托着人的全部自由。"

马克思所设想的人类解放是扬弃了世俗之气的现实个人或人成为真正自由的个人。同时指出任何一种解放都是把人的世界和人的关系还给人自己。政治解放把人变成市民社会的成员，变成利己的独立的个人，也把人变成公民与法人。根据法国的经验，马克思直接把人类解放同一个阶级联系起来。如果阶级将实现社会自由，那么，要从社会自由为前提出发创造人类自由存在的一切条件。"无产阶级宣告现存世界制度的解体，只不过揭示了自身存在的秘密。无产阶级否定私有财产，不过是把社会提升为无产阶级的原则，或者说，把无产阶级身上的东西提升为社会的原则。"

四、自由而自在

"在《1844年经济学哲学手稿》中,马克思借用'类''类生活''类特征'等典型的费尔巴哈术语,第一次系统地阐释马克思的'劳动'的历史观,指出整个'世界历史不外是人通过人的劳动而诞生的过程,是自然界对人说来的生成过程'。"马克思从国民经济学的各个前提出发,来考察大量的国民经济事实。按照国民经济学原理,劳动对象和劳动产品,无论是在起源上还是本质上都应该属于劳动者本人,因为劳动对象和劳动产品中凝结着该劳动者的体力和脑力。而国民经济的事实是"工人生产的财富越多,他的产品的力量和数量越大,他就越贫穷。工人创造的商品越多,他就越变成廉价的商品。物的世界的增值同人的世界的贬值成正比"。这是和国民经济学原理相矛盾的,却没有得到相应的解释。

马克思正是针对这一没有应有的解释的国民经济事实而提出了深刻的异化劳动理论。异化劳动的最直观表现,是劳动者同自己的劳动结果相异化,即劳动产品作为对人而言的异己存在,作为不受劳动者支配的独立力量,同劳动者相隔离、相对立。作为劳动结果的产品同人异化，那么，造成这一结果的人的活动机能也同人相异化，亦即人的对象化的智力活动和体力活动同有意识地运用智力和体力的人相异化。我们看到"异化劳动，由于（1）使自然界，（2）使人本身，使他自己的活动机能，使他的生命活动同人相异化，也就使类同人相异化；对人来说，它把类生活变成维持个人生活的手段"。

"人是类存在物，不仅因为人在实践上和理论上都把类——他自身的类以及其他物的类——当作自己的对象；而且因为——这只是同一种事物的另一种说法——人把自身当作现有的、有生命的类来对待，因为人把自身当作普遍的因而也是自由的存在物来对待。"马克思认识到，作为人所独有的生命活动（"劳动"）的性质（"类特性"），自由不仅在于人与自然人的对象化与自然的人化——的关系之中，也必当体现在人与自身的关系、人与他人的关系之中。人的"自由"并不是离开活生生的个人"自由"的纯粹抽象。人创造历史就是人实现"自由"。

1894 年 1 月，恩格斯用简短的字句表述未来社会主义纪元的基本思想，他说："除了从《共产党宣言》中摘出下列一段话，我再也找不出合适的："代替那存在着阶级和阶级对立的资产阶级旧社会的，将是这样一个联合体。在那里，每个人的自由发展是一切人的自由发展的条件。"自由人的联合体，不仅是马克思政治哲学的最高理想，也标志着马克思自由思想的成熟，从而显示出人的自由与解放乃是马克思全部学说的主题。

在马克思看来，某事物存在的事实，不能证明该事物本身的合理性。只有符合自己概念的事物，才能获得真实性。就国家而言，只有符合国家的本性、本质，才能获得实存性，证明其合理性。"通过哲学的批判，使无产阶级与私有制和传统观念彻底决裂；通过'武器的批判'，就是诉诸暴力革命，推翻资产阶级统治，废除私有制度，消灭阶级剥削和阶级压迫，使工人阶级成为具有实质内容的、真正完整的自由人。"

从人类全面解放的终极意义立论"自由人的联合体"，可以从马克思划分人类社会发展的三个阶段并与之相对应的人的发展的三个阶段：人的依赖关系（起初完全是自然发生的），是第一形态。以物的依赖性为基础的人的独立性，是第二大形态。在这种形态下，才形成普遍的社会物质变换，全面的关系，多方面的需求以及全面的能力体系；建立在个人全面发展和他们共同的社会生产能力成为他们的社会财富这一基础上的自由个性，是第三个阶段。同时需要指出，共产主义的核心在于人们共同占有社会生产、生活资料。而公有制的实现，无疑是"自由人的联合体"的前提和基础。在共产主义社会，"必然王国"依然是存在的，而且以被扬弃的形式成为实现人的自由全面发展的现实基础。

通过前面对马克思自由思想发展历程的回顾，可以看出马克思自由观的自由概念的内涵是丰富的而且是具体的。不仅有认识论上的意义，还有存在论上的意义，而其概念的具体性则体现在概念的现实的实践意义上。也正因马克思自由观的自由概念的丰富内涵，激起了我们对自由的概念的认识和思考。由于时代的局限性存在，马克思的自由概念在历史的长河中不断地被继承和发扬。现在看来，"自由作为人类实践的一种价值取向是永恒的。我们的实践不能没有对它的询问与追求，正是对自由的探询和追求

的过程构成了人类的历史。自由就像是一道光线指引着人
类实践的方向，至于光源，我们只是期望看到，但它具体
在哪里其实并不重要"。

"按照《哲学大辞典》的解释，自由有两个基本的含义：
一是政治上，指在社会关系中，受到法律保障或得到认可
的按照自己意志进行活动的权利；二是哲学上，指对必然
的认识和对客观世界的改造。"在思想史上，自由概念存
在着：古代人的自由与现代人的自由、消极自由与积极自
由、自由的形而上学含义与政治哲学含义和个人主义的自
由和共同体主义的自由四类概念的划分，而这样有助于我
们对自由概念的认识和把握。

这里谈论自由概念就不限于马克思的自由观了，也就
去意识形态化。当我们思考自由的概念时，就会选取一定
角度，在某个方面来谈论自由的问题。问题共同反映了意
识形态化的特征。所以，关于自由的概念的认识对象本身
就存在着问题。当人们对自由进行界定时，自由就已不存
在了，就不是自由本身，而是一种具体的自由，即人们对
自由进行界定就是对自由的否定。那么，这里对自由概论

的认识就倾向于本体论，即自由概念是在认识主体敞开自身的情况下才所能被感性和理性共同感知的。

自由作为名词，被赋予了无限美好的意蕴。自由与美、善、真等有着千丝万缕的联系，它也包含着丰富复杂而又深刻微妙的内容。在现实生活中，人总是会受到各种客观因素的限制和制约，因此，人的行为往往表现出一定的局限和矛盾，这种局限性正是人类最需要得到满足的方面。自由具有极大的包容性。在现代世界里，许多国家都把实现自由权当作本国人民的权利。自由就是一切。匈牙利著名诗人裴多菲有一首短诗："生命诚可贵，爱情价更高。若为自由故，两者皆可抛。"自由的意义和价值究竟有多高，由此可见一斑。那么，本文所关注的主题——马克思的自由观的意义如何呢？这个问题用事实来回答要比理论式的回答更有力，尤其作为享受马克思自由观理论成果的我们。我们用当下的社会发展状况，人们的生活水平，无不说明了马克思自由观思想的伟大意义和价值。我们看到马克思自由观现实的社会意义和价值的同时，我们还应看到它所具有的巨大理论价值。虽可以肯定的是马克思的自由观有其不完善之处，但丝毫无损其思想的光辉。我们不仅要继承其理论成果，更重要的是探究其方法论和启发性方面的意义，将之视为思想的宝库。

"西方思想史上自由观的演进，就是在求善原则和拯救概念之间的这种动态张力结构中实现的。"这是在道德和信仰两个方面的意义和价值的追寻。"与古代和近代哲学不同，现代哲学意识到了自由的困境，并且试图从逃避自由的消极情绪中开发出某种积极的意义来。……如果离开了选择、责任和后果，离开了人的个体性、有限性和有死性，一切关于自由的思考都是不可能的了。"现代哲学论域中自由意义和价值的探究。而就当代的人类发展来看，自由内化在人的方方面面。

如在《红楼梦》里，宝玉的悲剧就是由他的内心痛苦导致的。在现代语境中，自由也同样存在于个人层面上，但更多地被赋予了政治色彩。这是一种历史文化现象。自由不是一个抽象概念或范畴，而是具体可操作的行为方式。它包括思想、情感和行动三个方面，其中思想是最重要的因素。然而，现实世界中却并没有真正体现这种状态。自由与现实之间有着巨大差距，这正是中国传统文化中的核心问题之一——自由。从本质上讲，自由是个体生存发展过程中所处地位和价值判断的表现。在这个意义上说，自由就是人生理想的实现，也是个人生命历程中最为关键的阶段。但现实生活中有很多不和谐之处。如物质主义导致道德堕落；消费主义使人性异化等。因此，我们应该看到自由存在于历史之中。自由不仅仅是一个抽象的概念或范畴，而是一种具体的行为方式和人生态度。它既不同于自然，又不同于人类自身。当人类进入文明之后，就开始出现各种不同的价值观与观念体系。这种文化形态对于现代的中国来说并不是新鲜事物，但随着社会进步以及现代化进程的加快，却逐渐失去其应有的生命力。从某种意义上说，当代中国已经成为过去式。在当今这个充满挑战与机遇的大背景下，人们需要重新审视自己，寻找新的发展方向。这是一场关于自由的思想盛宴。

由于时代所具有的局限性，即时代的主题和特征，而不由地引发了对当下社会和时代所面对的自由的思考。自由作为人永恒的精神追求，而自在实为人们实实在在的生

活体验。隐逸诗人陶渊明的生活，很生动地展现了自在生
活的愿景："结庐在人境，而无车马喧。问君何能尔？ 心
远地自偏。采菊东篱下，悠然见南山。山气日夕佳，飞鸟
相与还。此中有真意，欲辨已忘言。"